漂流岛

简宽

著

中国出版集团　现代出版社

每个人的心里都藏着一个岛屿，路过的人
只听到海浪的声音。

——献给内心漂来漂去的自己和你

序

愿你成为一个正当好的人

方文山

2019年12月04日

每个人都是一座漂泊在海上的岛屿，述说着带有记忆的片段或故事，正因为情感的连结让彼此的关系更为接近，岛屿也有了共同的记忆。

当代人说孤独，已经是件很寻常的事，当孤独成为习惯，自己就会越来越像一座孤岛，独自书写着自己的生活琐事，当有一天你阅读到别人的故事，会发现原来我们都是过着这样的生活，情节如此类似，只是没有跨过那一步，只是我们一直局限在自己的世界里。

翻开这本书，我也看到了一片片拥有自己故事色彩的岛屿，有着爱情、亲情、友情……我们生活中随时随处发生的琐事，却在告诉你他所经历的种种，又如何破解。

简宽的文字细腻生动，像灯塔一般照亮了一座座孤岛，为我们带来温暖，拥抱和向往更好的生活。那一年我们听过很多故事，喝过很多酒，但没有成为一个正当好的人。希望当你独自面对那一片海之前，可以看看这本书，从此不再孤独。

漂流岛

岛屿的霓虹闪烁，像大海孤独的叹息和做伴。
其中有我的身影，也有你的身影。

人来人往，川流不息。
我曾漂过你的岛屿，你漂过一些人的岛屿。

我喜欢过你，就像你也喜欢过我一样。
喜欢和爱有什么区别?
喜欢，是不离开。爱，是离不开。
疼和痛有什么区别?
疼是分别，痛是告别。
我们都不擅长安慰，所以在告别时相对无言。

在这一整个季节里，我把故事写在春天里，往事开在春风里。
路子走得太遥远，每个步子都是沧桑。期待的时间太漫长，每个希望都
长满老茧。

许多人陆陆续续看过其中的一些故事，有眼泪，有欢笑，有怅然，也有漠然，有看到自己的影子，有看到别人的影子，它们就像一张张过期的电影票，一张张永远发不出去的邀请函，该死的电影已经谢幕，而宴会也已经取消，所以，失去也好，得到也罢，天空开阔，潮起潮落，在这个世界里，总会有一个人，会为你的哭而哭，因你的笑而笑。

每个人的心里都藏着一个岛屿，路过的人只听到海浪的声音。
茫茫人海，每个人最后都会漂到自己的渡口。

岛屿四季在更替，往事会陌生，吹不来去年的春风。这个世界没有什么过不去，只是再也回不去。那么，就让我们一起走，不停歇，大风越狠，我心越荡。
在岛屿的最前端，我们有过那么多的哈哈大笑。
在未来的世界里，我们依然会有那么多的哈哈大笑。

心甘情愿，许你一世春暖花开。

目录

第一辑

相遇

看你
往哪里跑

所有的誓言，都是谎言织的梦。
所有的谎言，都是任性长的茧。

第二辑

别离

你是我生命中
注定的惊喜

幸福的花朵开放在前面的季节，

喜欢就追逐，追逐就要放任去远方。

前面的道路偶尔会迷茫，但不会一直迷失。

春夏秋冬，终有一季芬芳，

希望的光，迟早会照亮你的窗。

第三辑

=========

选择

你真的
不懂我吗

我守候在咖啡屋的窗前，

像夜晚在收藏最后一颗星星。

在清冷之隙徘徊，我等着你，

等着与你欢愉彼此的光芒。

我希望有个鲜花与奶茶的时光，

等你把我印染成你心仪的颜色。

第四辑
——

安慰

我对你的爱，
不仅仅只是一个动词

我希望秋天云卷云舒，我希望冬天霓虹温暖。
我希望四季都写满你的样子，
虽然我们不能一起看完最后的风景，
但曾经在一起，也是十分美好的。

第五辑

回忆

希望再相遇时，
依旧是惊讶

茫茫人海中，

借你的酒杯几分钟，

听一段我的心事。

未来那么短，

总有一天，

我们都会看见自己的风景，

其他的都随了流年。

第六辑

怀恋

许你一世
春暖花开

季节的岛屿上，

我们就这样漂来漂去，

沿途千万个渡口，

总有一个属于你的出口。

第一辑

相遇

看你
往哪里跑

所有的誓言，都是谎言织的梦。
所有的谎言，都是任性长的茧。

双面胶

那些时光里，只有你总是对我笑，其实总是笑的人，才是真的需要人疼的。

你就像一圈双面胶，一面粘着我的笑，一面粘着你的兴趣和爱好，有你这样的男生粘着我，我又能跑到哪里去？

1

朱哥更新了朋友圈说说。

他说："更新下，还活着。"

配图是热播剧《爸爸去哪儿了》。

这厮估摸是闲得慌。

蔡大头问："凉风有信，秋月无边，朱哥在哪边？"

他回复："爸爸去哪儿了。"

"都去东莞了。"

我边看手机边逛街，莲花街口新开了一家小店。

店门口一片沸腾，许多姑娘拉着男生的手往内挤。我抬眼一看，店头挂着牌子：一辈子专做好鸡，新店开业，每只十元。

店头的话筒里，一个男声："小鸡问母鸡，为啥人类都有名字，而俺们全叫鸡？"

一个女声："人类活的时候都有名字，可死后全都叫鬼了。"

男声："俺们活着没名字，可死后名字多着呢……"

女声："哪些名字呀？"

男声："烧鸡、炸鸡、口水鸡、白斩鸡、咖喱鸡、辣子鸡……"

门口所有人爆笑，忘乎所以。

朱哥在微信里狂笑。

我一边抓着烧鸡，一边问他是不是灵魂跑到东莞去了。

他说："你瞅下朋友圈。"

这个狗东西，把他和蔡大头的聊天对话，截图发了。

屌丝有难，八方点赞。

看到围观者众多，我大笑。

苏琪琪高兴得像一朵菜花，在留言框里喊：

"蔡大头，你东莞啥时回来，到泉城请你喝酒……"

2

朱哥是从英语系转到美术系的。

那时大伙儿都骂他是一米七的身材，一米二的猪脑子，好好的英语系不读，转到三流系。

后来发现这厮素描画得贼好，众人刮目。

再后来，又知道是投档搞错了，被投到英语系。学了十几年英语，这厮也跟大伙差不多，只会 Yes 和 No，混不下去，哭着脸威胁女系主任：让不让转？不让转我跳河去。

有一天，大家在校门口吃烧烤。

听完朱哥的故事，张西西嘴里的啤酒，笑喷了朱哥一脸。

她说："那是水沟，是沟，沟，好不好，淹不死的。"

众人大笑。

朱哥擦擦脸："张西西，你得帮我一件事。"

朱哥叫张西西帮他传一封情书。

他喜欢张西西的一个老乡，数学系的系花苏琪琪。

从那以后，朱哥每天黄昏抱着吉他坐在宿舍阳台上，等着她们。

张西西和苏琪琪看见，笑嘻嘻过去。

朱哥等了一周，没有回音。可他又不敢去问，只能每天坐在阳台弹郑正宵的歌曲。

一个月下来，朱哥的吉他水平大有长进，可苏琪琪依然杳无音信。

十九号师兄受不了，大喊："朱哥，你到底行不行！"

朱哥继续弹唱："心要让你听见，爱要让你看见……"

作为室友，我们非常不理解，他这样的表白有什么效果，但隐约也有一丝兴奋，迎春晚会我们终于不用再演哑剧了。

有一天夜晚，朱哥抱着被子说："看来还是没有希望了。"

蔡大头说："你喜欢的乐器是吉他，不是退堂鼓。"

朱哥望着吉他，深情地说：

"我要为她弹上九百九十九次歌，她就知道，我为她种下了九百九十九朵玫瑰。"

3

春风一吹，冬天就过去了。

在全宿舍的拥护下，朱哥登上全系才艺大比拼的舞台。

朱哥选了两首歌，《九百九十九朵玫瑰》和《心要让你听见》，他好纠结要弹哪一首。

他请大家吃烧烤，征求意见。

借着酒劲，他问张西西，苏琪琪到底是什么意思。

张西西说："苏琪琪说了，她只会做数学题，不懂艺术，交往有障碍。"

张西西继续："激情是不值钱的，只有持续的激情才值钱，朱哥，加油。"

朱哥听后，猛烈喝酒。

大伙儿猛烈喝酒。

朱哥连喝几杯，然后沉默。

张西西说："要不我约琪琪一起参加迎春晚会？"

朱哥大声说："好好好，那弹哪一首好呢？"

张西西说："《心要让你听见》。"

朱哥从兜里掏出一张亲手设计的请柬，让张西西传给苏琪琪。

他写道：

琪琪，如果有一天你翻开我的速写本，你会发现，你会惊讶，这一页也没画，那一页也没画。因为我一直等着你，有一天能来和我一起画。

4

朱哥的节目排在最后一个。

上台前，他紧张地问："张西西，琪琪会来吗？"

张西西点点头。

轮到朱哥上台了，所有人一片激动。

朱哥在台上左看右看，张西西向他比了个大拇指，朱哥缓缓弹起来。

朱哥一紧张，弹成了《九百九十九朵玫瑰》。

张西西站起来，张着嘴，无声地呐喊。

只有朱哥，越唱越激动。

他慢慢走向台前，狂野地弹着、唱着。

突然，朱哥跪了下去，一边拨弄琴弦，一边大喊："苏琪琪，我爱你，九百九十九朵玫瑰，送给你……"

大伙儿一片瞠目，场下瞬间一片死寂。

然后，掌声、口哨声、呼叫声，炸成一片。

灯光下的朱哥，泪流满面，十分美丽。

突然，台前发出一声巨响。

朱哥左脚被音箱线绊了一下，从台上摔了下来。

大伙儿齐刷刷冲过去。

朱哥额前被砸了个洞，血流满面。

他的左脚粉碎性骨折，医生说可能会落下后遗症。

大伙儿一片沉默。

张西西"哇"的一声，大哭起来。

她对朱哥喊：

"朱哥，我不该骗你！对不起！"

朱哥躺在病床上，奄奄一息。

他慢慢翻过身，很努力地说：

"西西，我不怪你，我知道她没来。

"但我心里高兴，我高兴能为一个自己喜欢的人演唱。

"我相信，真心等你的人，她会一直真心地等下去。不愿等你的人，她一转身就牵了别人的手。

"她没来，我知道她是在等我去。

"我相信感觉，如果没有感觉，吉他就不会给我知觉。如果没有动心，舞台就不会为我心动。"

…… ……

5

新年过后，朱哥开始频繁晚归。

有天晚上熄灯后，大伙儿在宿舍阳台上，借着月光斗地主，我看见楼下的草坪上有两个身影，女生挽着男生的手，一步一步走过草坪，男生的脚有点跛，女生依着男生的肩，慢慢消失在路灯里。

他们是朱哥和苏琪琪。

后来朱哥偶尔会把苏琪琪带来宿舍，和我们一起吃泡面。

再后来，朱哥因为脚伤休学了。

再后来毕业了，大伙各奔东西，我好多年没见到朱哥。

几年前回泉城母校，发现那栋破旧的宿舍楼不见了，但楼下的草坪更增添了绿色，新的宿舍大楼阳台上，许多人捧着快餐盒，唱歌跳舞，嬉笑一片。

那时候的我们，翻围墙到网吧一起打三国、网聊到通宵；我们在门口的烧烤店吃水煮鱼配二锅头，高喊大学万岁；我们拨通女生宿舍电话，对着那头学猫叫，女生听得咯咯笑。

然后我想起了朱哥，仿佛看见那串一深一浅的脚步。世事如画，在某一页的素描本上，如果画着这样的姿态，是不是会让人爽呆了？

我们传阅着张西西没有送出去的情书，把朱哥的痴情一句一句朗读，比之毕业后每天漂流的日子，仿佛一切就是春天里永不凋零的花朵。

我们没有顾虑，没有妥协，穿梭在城市的大街上，恍如枯木逢春，自由生长，太阳无边照耀，光芒万丈。

6

2015 年的国庆节，十九号师兄微我，朱哥要结婚了，请大家回泉城。

大伙儿心潮澎湃。

婚礼上，苏琪琪美得触目惊心，朱哥帅得触目惊心，场面气派得触目惊心。

那天晚上，大伙喝到很晚。

朱哥说："要不要来瓶二锅头？"

大伙儿哈哈大笑。

他和琪琪一起举杯，说："祝福我们的爱情吧。"

苏琪琪红着脸对大家说：

"这个世界对你笑的人太多，对我好的人只有他一个。"

大家举杯。

张西西说："最好的感觉，是有人懂你的不好意思来。"

苏琪琪眼泪掉下来。

主席台上，大屏幕滚动着一个速写本。

里面画满人物的动态，拥抱、牵手、接吻，眉开眼笑，神采
飞扬……

下面一段配诗：

你就像一圈双面胶，一面粘着我的笑，一面粘着你的兴趣和
爱好，有你这样的男生粘着我，我又能跑到哪里去？

苏琪琪举杯，笑说：

"他现在就是下雨天的时候才会脚酸啦，每次路过不平地还
是习惯那样子，我挽着他一起走过去，有候我偷偷放手，他就自
己走过去了。"

她说："岁月如歌，我愿做他的一把吉他，一辈子待在他的
身边。"

大伙儿喝掉杯中的酒。

蒙眬醉意里，我看见了熄灯后的宿舍阳台上，大伙儿借着烛
光斗地主，外面，两个熟悉的身影，女生挽着男生的手，一步一

步走过草坪……

我心想，如果有什么东西可以比喻，我愿做一圈双面胶，一面粘着飞逝的青春，一面粘着蓬勃的梦想，粘着一段属于我们的岁月，粘着月亮，粘着太阳，粘住生命里所有的童话。

如果没有什么可比喻的，我们也要努力做个可爱的人。
不怨叹，不羡慕，阳光下灿烂，风雨中奔跑。

倾城泪

有些话藏在心里好久，总没机会说，可等有机会了，却不想说了；
有些爱一直没机会去爱，可等有机会了，却已经不爱了……

1

2007 年春天的一个晚上，我开着车在大街上瞎转，车载 CD 传出许美静忧伤的歌声：

"传说中痴心的眼泪会倾城……霓虹熄了世界渐冷清，烟花会谢，笙歌会停……"

突然想起张西西。我拐到转山酒吧，里面灯光摇曳。
然后坐在角落喝酒。

一个身材火辣的姑娘走过来："一个人喝酒，神丢了吧？"
我抬头："酒瓶子要不要？"
"正经点，好不好？"
我心想，在这儿跟我讲正经！
"在爱面前，就应该正经。"
"因为你正经了，女孩们就觉得你是认真的，你偶尔犯点错，一般先反省的都是没错的人。"

我大惊："这算什么？"

"擒贼先擒王，追女孩子先擒心。"

我拿起酒瓶正要浇灌她，张西西走过来。

2

张西西身高一米六五，高挑又美丽，来自哈尔滨。

开学第一天，辅导员让大家做自我介绍。

轮到张西西，她说："我来自中国美丽的冰雕之都，哈尔滨，我叫张西西……"

话没说完，下面笑倒一片。

张西西一脸红霞，继续："我叫张西西，东西的西。"

一个男生喊："张东西……"

张西西急得直跺脚："你们都错了，错了，是张西西，东西的西。"

班级炸开了锅。

辅导员手无寸铁，让大家安静，说："你写在黑板上。"

张西西奋笔疾书：我叫张西西！

时间是每个人的新欢，我们不知道未来会是什么样子，我们坐拥着自己的繁华。

入学后第二周，开始军训。

教官每天板着一张死人脸，像大家欠他钱似的。

练正步走，张西西经常手忙脚乱，一乱就顺手顺脚，被教官叫到一边单练。

大家站在原地，捂着嘴偷笑。

有一次，张西西走着走着，突然蹲了下去，大哭。

教官喊："站起来。"

张西西抱着头，继续哭。

教官再喊："站起来。"

张西西抬着泪脸："我那个来了。"

教官说："你什么来，站起来。"

大家一阵唏嘘，场面紧张。这时后面发出一个声音："你再叫，老子弄死你。"

教官一听，脸色发紫："出列。"

后排一个高大的男生，摇着身板，走到教官面前。

男生双眼盯着教官，没说话。

教官双眼盯着男生，没说话。

僵持十五秒，教官指着操场："二十圈。"

男生："太少了吧。"

3

张西西问："什么风把你吹过来的？"

刚才那位身材火辣的姑娘叫小小，张西西的跟班，她说："当然是小小的风啦。"

张西西说："小你妹的。"

我仰头大笑。

张西西连喝几杯后，灯光下的她更加明亮迷人。

舞台上两个人在调侃："亲，想飞吗？我蒲公英。喝茶吗？我安溪铁观音。熬夜吗？我猫头鹰。看片吗？我暴风影音。找抽吗？我千手观音……"

小小张着嘴，笑得前俯后仰。

我和张西西哈哈笑，背着小小，两个人走出门。

2000 年夏天，教官气急败坏，全体解散，大家兴高采烈。

张西西坐在草坪上，对着男生喊："停下啦，停下啦，教官走啦。"

男生边跑边喊："加强体育锻炼，增强人民体质……"

张西西咯咯笑，然后大叫起来——那个男生趴倒在了跑道上。

我们几个冲过去，把男生送到医务室，医生说是严重脱水休克。

那个男生，叫蔡大头。

张西西看着慢慢醒来的蔡大头，拍手大叫：

"哈哈哈，还以为你死了。"

然后继续："都跟你说教官走啦，你还跑什么呀？"

蔡大头嘿嘿笑。

从那以后，教官改齐步走为拉歌比赛。

从那以后，我们认识了蔡大头。

从那以后，每天训练结束，大家暴喊："蔡大头，你是我们的骄傲！"

从那以后，每天夕阳下，操场上就多了一对身影。

我们坐在操场篮球架下，望着他们相依的身影。

蔡大头边走边回头喊：

相逢要趁早，明天会更好，时间一分一秒，走过天涯海角……

4

春天的奎霞街，寒风包裹着夜晚。

张西西在后面喊：

"简宽，我们一起回泉城，好不好？"

我沉默，走在前面。

张西西坐到马路边，突然抱头呜呜呜哭起来。

我知道，她心里藏着蔡大头。

我的心里顿时像被塞了一团狗毛，去他爷的，难受死了。

站在大街上，想起毕业前的那个晚上，我和蔡大头在校门口喝得脸红耳赤，他趴在桌上，说："走，该两清了。"

我提着酒瓶子，跟在蔡大头后面。

张西西站在操场中央，像一尊古希腊神像。

蔡大头嘴里冒着酒气，问她："张西西，有些话我藏在心里好久了，总没机会说，可等有机会了，却不想说了；有些爱一直没机会去爱，可等有机会了，却已经不爱了……"

张西西听完后，抹了一下脸，转身离去，一步一步穿过寂寞的操场。

毕业后第二年，蔡大头在泉城开了一家酒吧。

时间不会倒转
相见无法计算

这一次，刚好大家都在
那就一起喝杯酒
不要急着告别，或不告而别

蔡大头的酒吧成了我们混迹的场所，相聚总要喝酒。

有一次我们喝到凌晨 4 点多，大家都喝晕了。

蔡大头独自一人在吧台前收拾东西。

我走过去："兄弟，来一瓶。"

他背着我："简宽，你以后不要再叫她来了。"

我说："大头，都过去了。"

他说："我过不去……"

我转身，发现张西西站在旁边，两串泪水像蜡烛。

5

2006 年秋天，蔡大头把酒吧搬到岛上的奎霞街。

奎霞街以酒吧为名，号称岛上第一酒街。

开业第一天，蔡大头请众兄弟喝酒。

那天晚上，空酒瓶史无前例。气氛史无前例。歌声史无前例。蔡大头史无前例。

毕业后滴酒不沾的他，大醉。

蔡大头醉喊动力火车的《当》：

"Heo…Heo…当山峰没有棱角的时候，当河水不再流……"

突然，音乐熄灭，歌声熄灭，骰子声熄灭，全场鸦雀无声。

人堆中，张西西出现在蔡大头面前。

大家张口结舌，地板上酒瓶子一片滚动。

我强装笑脸："西西，你来啦，来，一起喝酒。"

周围一片沉默。

蔡大头强装镇定："大家继续，继续喝呀！"

然后继续高歌：

让我们红尘做伴

活得潇潇洒洒

策马奔腾共享人世繁华

对酒当歌唱出心中喜悦

轰轰烈烈把握青春年华……

这时，酒吧大门突然被踢开，一群人摇摆进来，气势汹汹。

领头的是教官。

大家全部撤到蔡大头身旁，个个手攥酒瓶。

张西西冲到中间，背靠蔡大头，用酒瓶子顶着教官胸前："你敢动他，老娘给你好看的！"

说罢，酒瓶子"咔嚓"一声，张西西手握半截酒瓶。

蔡大头走过去，拽下她手上的破瓶子，然后走到教官跟前："男人的事情，用男人的方式来解决。"

蔡大头摆摆手，叫大家坐下。然后带着教官，到后面的包间。

不一会儿，包间内传出一阵噼噼啪啪的声响，大家冲进去，看见教官横倒在地，气息奄奄。

张西西嘶声一叫，身子软下去。

蔡大头扶住她。

张西西说："我们谈了三年，离幸福就差那么一点点。"

蔡大头点点头，说："知道。"

"但我不想用离开你的方式，告诉你学会懂得。"

6

2006 年 10 月 3 日的夜晚，成就了奎霞街上史无前例的壮举。

一夜间，转山酒吧声名鹊起。

我们去看蔡大头，他理了个光头，站在窗前嘿嘿笑：

"打败流氓，原来这么痛快。"

我们一起兴奋起来，说："大头牛×，欢迎大头出来后，打败全世界的地痞流氓。"

我问："有什么打算？"

大头说："我不要蒜，我要烟。"

大家瞬间膜拜。

临别时，蔡大头朝我吐了个烟圈，说：

"简宽，我不在的日子，替我照顾好她。"

蔡大头打坏流氓一只肾，判三年。

张西西不服，决定上诉。她约了律师和大伙儿，一起商讨营救计划。

律师掏出一张纸，说："只要有这个，好办。"

张西西一看，吼："呸，谅解书！毙了老娘都不去求他。"

小小说："要不我们劫狱吧。"

张西西骂道："劫你妹的。"

律师说："其实还有个办法，就是怎么证明大头是个好人。"

张西西说："这好办！"

说罢，她点了根烟，抓起那张纸，叫大家往上面签字。

全场呆愣，我还没来得及问她要干吗，张西西已经签下了，接着她的眼睛亮起来，如同一片昏黄中最亮的两盏霓虹。

张西西带领小小一起走出门，所有人轰然跟出去。

她冲我笑了笑：

"告诉蔡大头，没有我的允许，没有人能让他低声下气。"

2006年12月12日的夜晚，又成就奎霞街上的一桩壮举。

奎霞街两边霓虹闪烁，皓月当空。

大伙儿从转山酒吧到著名的南久旺丹酒吧，从忘忧地带到至今还残留的果果部落街区，一进去，直截了当喊话："叫你们经理来。"

经理赶到，张西西把纸张往吧台上一拍，抓过啤酒，咕咚咚先干一瓶，喝完说："蔡大头你认识吗？我是他的女人，你，签个名，他是个好人。"

经理提起酒瓶子，咕咚咚一瓶，喊："好人。"

喝完离开，小小随后买单，接着往下一家。

后面喝过的兴奋跟上来，前面没喝的都闻讯在门口候着。整条奎霞街车水马龙，大队人马穿过街区，到达步行街的最后一家Lose Demon，再折回转山酒吧。

高挑美丽的张西西，周身映衬着多彩的霓虹，一路穿过人山人海。

那是令我们骄傲的张西西，豪情万丈的张西西，光芒闪耀的张西西。

签完一家，她抚弄一下长发，蹬着高跟鞋，步步坚定，走向下一家。

回到转山，她问我：

"简宽，你知道眼泪是什么吗？"

我看着她，不知怎么回答。

张西西望着窗边悬挂的月亮，说：

"眼泪是什么？眼泪就是当你想流出来的时候，不管你多么努力，多么用力，多么拼尽全力，却怎么也流不出来，它已被风晾干，堕入尘埃。"

她又摇摇头，说：

"我不想堕入尘埃，所以不想流泪。你看，我喜欢蔡大头，可哪怕他离开那座城，离我而去，我追到这里，他还是离我而去。后来我知道，他不喜欢我了，可我还是愿意为他做很多事。我相信，一切都还来得及。所以，我不想流泪。"

张西西看着窗外，长发飘起。

眼泪从月光里流出来。

7

2007 年春天的那个夜晚，张西西坐在马路边。

她看着自己的影子，自语：

"爱情就像两个影子，如果一个人站起来了，另一个人还蹲着，它们就被拉远了。"

春天花会开，终有一天，你会变成一朵花的影子，永远待在爱的人旁边。

因为幸福不会遗漏任何人，迟早有一天它会与你如影随形。

2007年夏天，我们再去探望蔡大头。

小小给蔡大头买了一袋烟。

蔡大头抽着烟，磨叽了一会儿，问："她好吗？"

小小白了他一眼，吼：

"她她她，她是谁呀？"

蔡大头隔着铁窗，说：

"我写了一封信，拿不出去，要不我念，你用手机帮我录一段，好不好？"

我点点头。

蔡大头郑重其事地念着，像一个虔诚的牧师。

"张西西，我明天就要去改造了，这一去要好久哇……昨夜想了一宿，与你一起的往事幕幕浮现在眼前……

"大一那年，我跑得太快，你问我是不是不要命了；大二那年，我因为没钱吃饭，你把饭端到宿舍给我吃；大三那年，我带你去玩具店买圣诞礼物，买了泰迪熊，你还想要美羊羊，美羊羊也没你美呀！

　　"大四那年情人节，我捧着花要给你，你手上却已经捧着一束花。我讨厌对我好的人，她对别人更好。

　　"昨天，我想了很久……往事如烟，想多了头疼，想通了心疼。这些年无论我做过什么，我知道你一直在身后。

　　"你知不知道，其实我的心情一直被你左右，有时候逃避是不想让自己那么失望……"

　　秋天的一个夜里，我正在睡觉。

　　张西西打电话叫我过去喝酒。

　　我说："头疼。"

　　她说："心疼。"

　　我说："想通了，就不疼。"

　　她说："想通了，浑身都疼。"

　　我说："张西西，我买了一碟原声带，要不要听一首？"

　　她说："没兴趣，我要喝酒。"

　　我笑着说："蔡大头作词的哦！"

　　她呵呵笑了下，沉默。

　　你知不知道，其实我的心情一直被你左右。

　　有时候逃避是不想让自己那么失望。

　　…………

　　有一天我们都会找到爱的原声带，在季节的岛屿上，相逢相伴，一路歌唱。

有一天
我们都会找到爱的原声带
在季节的岛屿上
相逢相伴　一路歌唱

大风越狠，我心越荡

　　江小白走在前头，说："终于到了一年的最后一个月了，只要再坚持一下，我们又可以再次完成一事无成的一年了。"大家迎着海风，提着画箱，一步一步跨过没有尽头的沙滩。

1

　　有一天，几个大学舍友，在岛上相聚。

　　第二天大家闲着没事干，装作很文艺的样子，个个提着画箱，去环岛路的香江海滩写生，想找回一些曾经的记忆。

　　江小白画了几笔，站在一旁对着手机大喊：

　　"你听我说，我没骗你，我骗你就是汪汪，汪汪……"

　　大伙儿一听，问："江小白，你个狗东西，又拈花惹草了？"

　　江小白说："去你的，这微信功能应该换一换了。"

　　"她质问我为啥老把信息撤回。"江小白继续大声解释。挂完电话，十分气愤：

　　"你说这微信撤销功能，是不是害死人哪，撤就撤了，还得留个脚印，这不是在提醒人家吗？一点都不完美……害死人……"

　　十九号师兄迎着海风，喊：

　　"解释就是掩饰，掩饰就是确实有事。"

　　大家仰头大笑。

愤怒之下，江小白把手机摔到沙滩上。

手机躺在沙滩上，又一阵哼哼唧唧。

十九号师兄捡起来，接话："喂喂喂，我是长江，我是长江……"

大家一个个散倒沙滩上，爆笑。

江小白站在一旁，脸色苦闷。

2

大学室友八人，江小白睡在我上床，代号长江。

冬天太冷，北风呼呼叫，大家睡不着。

洗手台上热水棒哗啦啦响。江小白冷得受不了，买了个热水袋，每天晚上抱着它，躲在被窝里打电话。后来一些人也买了热水袋，水开了，大家不好意思叫他，就偷偷装走，结果大家一个个装满，他还在唠电话。

江小白想买一条毛毯，可兜里钱不够，他看见校报有个征文活动，三等奖奖励毛毯一条，于是写了一篇稿子，准备参加比赛。

他拿给我看，我看完后，浑身爆炸。文章大意是没有毯子的夜晚，每个人抱着被子，盘腿而坐，共同抵御严寒，最后变成一座座丰碑。

他问我怎样，我点评：柳州风骨，长吉清才。

稿子好久没消息。

江小白拨打征文热线，主编说不合主题。

江小白连夜修改，改成没有毯子的夜晚，有个男生哆嗦在床上，给一个女生打电话，结果男生和女生都被冻僵了，最后在光明和快乐中，飞到了没有寒冷、没有饥饿的地方去了。

稿子仍没消息。

江小白又拨打热线，主编说，我们不要安徒生童话。

江小白挂下电话，按照主编意见，连夜奋战，这次他改成了一首诗：

> 你是长夜里的繁星一颗，光亮闪烁
>
> 我们没有秘密，我们像才华横溢的诗人
>
> 在繁花似锦的世界里
>
> 相互品赏，互相照耀……

稿子终于有消息了。

主编亲自给江小白打电话，说："长江同学，这周末有空吗？"

江小白接完电话，从床上跳下来，裹着被子跳舞："与其在被窝里抱着热水袋发抖，不如在稿子里痛干一晚。"

所有人泪奔。

3

快元旦时，系里组织外出写生，路线是江浙一带。

宿舍八人把家当全都凑起来不足五百元，于是集体申请，自己组团，就近写生。

系里同意了，十九号师兄提议到岛上写生。

在岛上坚持了一周，大家每天提着画箱子，迎风作画。

第八天，所有人的钱，加起来不到一百元。

大家省吃俭用，夜里饿了喝杯水，然后缩进被窝，争取早点睡着。

第十天，江小白神情恍惚地走出宿舍。

十九号师兄问："江小白，你去哪儿？"江小白说："我冷，我饿……"

我拧了下他的胳膊，问："江小白，你在不在？"

他说："肉体与灵魂同在。"

我说："外面冷。"

他说："我不管……"

后半夜，听到叫声："起床啦，起床啦，有吃的啦！"

大家纷纷爬起，看见江小白提着一袋子食物回来。当时我们双手颤抖，端着泡面，大喊："东方红，太阳升，宿舍出了个江小白，你是我们的大救星！"

所有人抱着泡面，热泪盈眶。江小白突然从口袋里摸出了一沓东西，往桌子上一掷："老子有钱了……"

十九号师兄抓过票子一数，三百元。

大家抬起江小白，一个劲儿往上扔。

齐声呼喊："东方红，太阳升……"

我问："江小白，你这些食物和钱，从哪里弄来的呢？"

江小白傻傻地笑。

当所有的年华都化为曾经，到那时候，我会讲好多精彩的故事给你听。

4

江小白恋爱了，对象是校报主编小丽。

有个周末，我和十九号师兄挤公交去莲花街。下车时看见他们在站台边嘀嘀咕咕。

十九号师兄拍了下江小白的肩膀，他吓一跳。

我问："江小白，你在这儿干什么？"

他支支吾吾。小丽很大方地接话："我们在做活动。"

小丽长得小巧玲珑，双眼皮大眼睛。她说："我们在做义捐，要不要捐一下，每人一块钱。"

他们在大学附近的公交站牌上，做了一个盒子，里面都是一块钱的硬币。盒子上面写着：为那些临时没有零钱坐车的人，捐一块钱。

十九号师兄指着盒子："晚上来收割下，买火腿。"

小丽斜眼："君子爱财，取之有道好不好。"

十九号师兄赶紧抽回手，说："我捐，我捐……"

然后往盒子里投了一个硬币。

作为室友，我们不大明白他们的做法。但终于知道了，那天晚上江小白带回来的泡面和钱，还是小丽给的。

一天夜里，江小白说："因为我爱她，所以一起做义捐。"

我竖起大拇指，点赞。

江小白说："我们打算在全市区所有公交站都放上零钱盒。"

然后一脸骄傲：

"她说，两个人在一起，除了让生活充满深情，还要有一些刻骨铭心的珍藏。"

有一天夜里，大家都在等江小白提泡面回来，等到后半夜也不见人影。十九号师兄忍不住开门出去，然后看到江小白独自坐在草坪上抽烟。

他喊："江小白，有没有泡面呢？"

江小白没回话。

我们一起来到江小白的身旁，发现他一个人在流泪。

问了他很久，他什么也不说，最后默默回来，蒙头就睡。

第二天，我们看见校报编辑部的公告栏下，围了好多人。

我们一起走过去，挤进人堆。黑板上写着：李小丽，因假公济私，免去校报编辑部主编一职。

人堆里一阵叽叽喳喳。

江小白钻出人群，泪流满面。

他边走边哭：

"为什么，为什么，为什么？"

那天夜晚，我们集体静坐床上。

十九号师兄说："小丽不是那种人，这一定是冤案。"

当天夜里，江小白一个人坐在楼下的草坪上，我们站在楼上的阳台上，看着他一根接着一根地抽烟，然后仰面一阵咆哮。

后来，江小白每个周末都和小丽在莲花街天桥上，给路人画画。

再后来，在大家的掌声中，小丽与江小白创办了校园读书社，小丽当上了首届社长。

再后来，一个细雨飘飞的春天，江小白和小丽来岛上找我，给我发请柬，他们要结婚了。

············

我们必然背负孤独的伤，一切其实很简单，喜欢就努力，过去就忘记。

5

2013 年的最后一个月，我在高峰期的 BRT 站上，丢盔弃甲挤上车。突然听到后面一个女生大声叫嚷："我的果冻包，被你挤瘪了。"

我来不及回头，下了车，大步往前走。

突然后面有人喊："简宽，给我站住。"

我回头，一阵惊喜：

"江小白，你大爷的，什么时候跑来岛上了？"

江小白和小丽两个人，笑嘻嘻走上来。

阳光普照，我们在人流如织的街头互相拥抱，倾诉一肚子衷肠。

那天晚上，大家在果果部落街区的酒吧喝酒。

江小白叫来了几个潜伏在岛上的舍友。

我们再相聚，欢天喜地。

我们再也不用考虑一包泡面的日子。

我们聊着往事，却没有人去聊今天的事。

我们留念那些"春天里永不坠落的繁花"岁月。它们被十年的青春埋藏在各自心里，只有相聚才能诉说。

我们聊到那次来岛上写生，爆笑一片。

十九号师兄拍案而起，叫服务员来一盘炒泡面加火腿肠。

现场一片震撼。

小丽举杯说："谢谢大家那时候一直照顾着江小白。"

十九号师兄说：

"你得看着他，江小白外表淡定，内在风骚。"

所有人大笑。

江小白与十九号师兄玩吹瓶，几瓶下来，他就趴在桌上了，然后拉着我的手，小声说："你知道吗，那些泡面和火腿，是小丽拿征文比赛的预留金换来的……"

我点点头。

他说："那时候我不说，是怕大家受不了。"

我攥着他的手。

时光悠悠，越过山丘，我们不做让自己后悔的事，要做就做让别人后悔的事。

以前我们是这样，以后我们还是这样。

第二天，大家相约去香江码头画画。

江小白接完小丽的电话后，大骂微信撤回功能，企图破坏他们百年好合的爱情。

大家仰面大笑，提着画箱子，迎着猛烈的海风往前走。

江小白走在前头，大喊：

"终于到了一年的最后一个月了，只要再坚持一下，我们又可以再次完成一事无成的一年了……"

十年经过很多事，喝过很多酒，走过沙滩摆摆手，和过去的岁月两头走。

　　因为那些都是曾经的故事，它们就像一张张永远发不出去的邀请函，该死的宴会已经取消了，我们只能往前走。

　　生活其实就是这样，就是要往前走，大风越狠，我心越荡。

　　如果可以，无论到哪里，我都愿意和你吃着泡面，只要一起走。

独木舟

这世上最累人的事情，莫过于眼睁睁看着自己的心碎了一地，还得自己动手把它粘起来。如果你不这样做，就会被茫茫的人海淹没。

1

2014 年的夏天热得不想动弹。

每天拿着手机在沙发上群聊，英雄不问出处，从不修改备注，大家笑脸相迎，问生辰问八字，一上午下来，聊到最后成了无聊斋。

2

有一天聊到眼冒金星，在沙发上睡着。

手机突然咯咯叫，无聊斋又热闹起来。

翻阅记录看到一句话："我就是我，是颜色不一样的烟火……"这不是十九号师兄的台词吗，这货啥时候进了无聊斋？

十九号师兄是大学同学，当年一起坐最后一排，斋中微名"花想容"。

与惊涛骇浪相比，有一种相遇叫手忙脚乱。

十九号师兄把一些消失多年的同学，陆续拉进群，无聊斋一夜欢腾。

第二天晚上，他说来岛上进货，车子逆行被警察扣押，很郁闷。

我带他去莲花名典酒吧，两个人边喝边玩手机。群里有人@我，一看，这狗东西叫我向群里作自我介绍，我冷笑拒绝。

他说摇骰子，输了讲个故事给大家听。

首战失利，我只好先来。

从前有个姑娘过生日，大家都送她礼物，有个男生送了一个大箱子。姑娘撕开后，发现里面有个小箱子，往内撕还有个更小的箱子，她正要打开时，男生拉住姑娘的手："你可准备好了？"姑娘点点头，旁人挤着围观。

发出后群里纷纷问："是什么呀？"

"戒指""储钱罐""女性用品"……

十九号师兄大骂无耻。

这时一个微名叫胖胖花的@我："我知道你是谁。"

我说："知道我是谁不重要，重要的是你是谁？"

然后没声音了。

十九号师兄手握酒瓶，一边喝酒一边吼着任贤齐的《伤心太平洋》：

我等的船还不来

我等的人还不明白

…………

我把他的高大形象，拍了一段发到无聊斋。

胖胖花在群里说：

"每个人的心中都有一首歌，多年以后，再听时已是曲终人散。"

3

我与十九号师兄的友谊一直处于断断续续中。

2014年春天，他突然约我去香江游艇坐船出海。一路上他像捡到了钱包，十分高兴，我问他是不是艳遇了，他不说，一脚油门把车开进香江公园。

春光明媚，蓝天上绽放的云，随风飘向少女的裙。

那一天，在满树阳光下，我看见了桃花。

2010年的春天，桃花打开最后一个纸箱后，尖叫声振聋发聩。

十九号师兄可恶至极，这货居然在箱子里藏着一只老鼠。

他说，桃花，你不是属老鼠的吗？

那只老鼠被桃花的尖叫声吓得花枝乱颤。

十九号师兄单膝跪地，光芒闪烁："桃花，嫁给我吧。"

然后从兜里摸出一个东西。

桃花看着他手里的东西，啼笑皆非。

十九号师兄说："桃花，今天我没有给你买金戒指，是想攒钱给你买房子。"

桃花听完，一阵梨花带雨。

十九号师兄继续："桃花，做我的女人好吗？"

桃花俯身抱住他。

十九号师兄用绑蛋糕的金丝线编了一个戒指。

现场所有人，临时组合成了一支婚庆小乐队，口哨声、号叫声、拍掌声、歌唱声……十分壮观。

在这个沸沸扬扬的世界，总有一个人，会为你的哭而哭，因你的笑而笑。

4

2014年春天，又是桃花的生日，她约十九号师兄在香江游艇见面。

十九号师兄从福州开车下来，快进岛时打电话给我："中午我请你吃鱼排。"

我说："我在岛外。"

他说直接拐去接我。

到码头时，我看见桃花站在桃树下，一阵惊讶。

码头的老板是我朋友，他帮我们弄了一艘皮艇，开往岛中岛。

中午吃鱼排时，十九号师兄一直在接电话。我问桃花："你什么时候来岛上的？"

桃花说："有一阵子了。"

我问："你们什么时候结婚。"

桃花摇摇头："不结啦，今天来办分手宴的。"

我嘴里的鱼肉掉下来，睁大眼看着她。

桃花说："真的。"

说完眼泪掉下来。

我说："别这样。"

桃花擦掉眼泪：

"我和他，不合适。"

十九号师兄看到我发到群里的视频后，一阵咆哮。

拿起话筒继续高歌："风不平，浪不静，心还不安稳，一个岛锁住一个人……"

我也跳起来，拿起话筒一起喊。

两个人喊了一阵，瘫在沙发上。

他对我说："大家都在找你。"

我沉默。

我说："桃花在香江码头。"

他沉默。

我说："她有一条皮艇。"

他说："是桃花号吗？"

…………

那天从鱼排上下来时，十九号师兄喝得满脸通红，他说着酒话："桃花，等我有钱了，我给你买一艘桃花号……"

他的话还没说完，就被海风吹走了。

下了游艇，桃花说她约了朋友，先走了。

我开着车，送十九号师兄去酒店住下。傍晚时，我打电话问他醒了没。他说："走了。"

我说："一路走好。"

他说："嗯。"

每一个"嗯"字的背后，是不是都吞下了一堆心事？

5

那次在鱼排上，桃花对我说，她想换个待遇好点的工作。

我说码头老板想找个负责接待的，你那么漂亮他一定开心死了，她白了我一眼。

我问她："什么时候换的微信？"

她说："你真是贵人多忘事。"

2014 年春天快结束时，我一个人开车去环岛路看海，绕了一圈觉得没意思准备走，突然看见后视镜里有个美女，一直向我招手。

我下车一看，吓了一跳。

我说："桃花，你怎么在这里？"

她说："我改名了，叫我胖胖花。"

我说："好听，挺合适的。"

她挥了我一个粉拳，跌进车里，叫我送她去上班。

胖胖花在副座上，目视前方，说："我爸得癌症死了，日子过不下去了。"

然后又说："我去码头做了。"

我突然有些难受，正想安慰她，手机响起来，看是个陌生号码就按掉了。

到了码头，她问我："要不要进去乐一把？"

我说："没兴趣。"

她向我摆手："再见。"

"再见。"

天高海阔，潮起潮落，所有一切无法解脱的事情，像海风一样吹个不停，无论如何告白和安慰。

6

那天晚上，我和十九号师兄在名典酒吧待到后半夜。

离开时，他头趴在我的肩上，胡言乱语："你们都走吧，走吧。"然后呜呜地哭起来。

我陪他在门口抽了一根烟后，拦了一辆的士，让他上车。

我对司机说："到遇美埃邸。"

他说："去香江游艇。"

我转身走了。

岛屿的霓虹映照行人，每一个微笑都意味深长，在不经意的回眸里，容颜在灯光里老去。

回到家里，我掏出手机，发现好多微信语音，是胖胖花：

"简宽，我回泉城了，我知道他会去香江码头找我，可是我还是想回来，我还是喜欢这座城。

"我是有多简单，我是有多期待。可后来我发现，他有他的千山万水，我有我的孤独自在，很多时候，'我爱你'只是爱的上半句。

"你帮我跟他说一声，我爱他，可我只想做一叶独木舟……"

我突然想起那天在鱼排上，桃花下游艇时递给我一张字条，让我找机会交给十九号师兄，她写道："我爱你，但我只能离开你。"

我打电话给十九号师兄。他听不见我的声音，我听见他在呐喊：

"我爱你，可是你在哪里……"

这世上最累人的事情，莫过于眼睁睁看着自己的心碎了一地，还得自己动手把它粘起来。如果你不这样做，就会被茫茫人海淹没。

岛屿就像一座幻城。

你有你的追梦地，我有我的栖息城。偶尔回想那些伤心的记忆，那里风景和脚印无比清晰，可它们已全部掩埋在一片海里。

因为再好的东西都有失去的一天；再深的记忆也有淡漠的一天；再爱的人，也有离开的一天；再美的梦也有醒来的一天。

所以，该放弃的不再挽留，该珍惜的放在心上。

如果你不这样做，就会被茫茫的人海淹没。所以我们泪流满面，一步一回头，可是只能朝前走。

我们都回不去从前，但希望能找回初心，我们还是一个朋友圈。

你的名字是我听过的最短的情书

那一刻，再见到你，我就无法矜持。

那一刻，再见到你，我就无法抗拒。

那一刻，再见到你，我就无路可退。

没错，就是你。

1

凉风是当年的小师妹，美丽大方。

后来一起考入泉城大学。

2011 年夏天，她说要到岛上找工作。

第二天，她去应聘。中午时，她打电话给我。我问她顺利被收购没？

她上气不接下气："简宽，你知道我遇到谁了？"

然后说："面试我的，居然是九点五朵。"

九点五朵对她说："既然来了，送不了你一束花，但至少我们可以说说话。"

凉风说："我要工作，我不要花。"

九点五朵说："可你不合适。"

…………

凉风喊道："他就是个没情义的家伙。"

我说："工作与感情是不能乱扯的。"

说到不能乱扯，我突然有点兴奋。

这俩估计又要扯上了。

2

九点五朵，这厮原名郑爽。德智体美劳全面发展，喜欢趴在窗前抽烟，呐喊："我是艺术系最有才的男神。"

"九点五朵"是凉风给他取的。

一次凉风画百鸡图，旁边同学打闹，墨水甩到她的画上，凉风大哭。

这厮丢下烟头，跑过来："别哭，别哭，我来救你了。"

他拿过毛笔，瞬间那些墨点就变成了一群活蹦乱跳的小鸡。

"怎么样，这鸡可爱吗？"

凉风瞪着他，说："很像你哦！"

郑爽大笑："这些鸡呀，涂上颜色，到晚上就会叫了。"

大伙哄堂大笑。

在那个古老的不再重复的夏天，当人生的第一次冲动来袭，还没来得及把你的名字记牢，我就已经落荒而逃。

郑爽在班级被称为才高十朵，有许多女生喜欢他。

他只对凉风来电，可是凉风却对他不来电。

凉风气得满脸通红。

吼道："郑十朵，你至多是九点五朵，剩下零点五，看本姑娘心情。"

随即扔下画笔，夺门而走。

九点五朵是我大学最好的兄弟。我仰慕他的三国杀，他对我摇骰子的战绩十分向往，于是互相学习、取长补短。我们喜欢在录像馆里看港片到天亮，喜欢研究凉风的一笑一颦，喜欢特立独行的步伐。

世界广阔，大江奔流。

我们都生于最美的年代，那个名字叫青春。

我们都不知道自己最后会漂去哪里。

3

一年后，大伙儿毕业，各奔前程。

两年后，大伙儿在泉城蔡大头的酒吧相聚，凉风没来。

三年后，大伙儿在泉城蔡大头的酒吧相聚，人数减半。

四年后，大伙儿成立 Q 群，只有深夜偷菜的时候，偶尔冒泡。

多年后，大伙儿用微信，偶尔翻翻朋友圈，才会想起谁谁谁……

4

我请凉风在莲花吃煎蟹。

凉风边吃边骂："别让我在大街上见到你，丫丫丫……"

她用筷子把蟹壳捣得粉碎。

我大笑。

筷子"咔嚓"一声，折了。

凉风眼泪在眶里打转。

这时，九点五朵发来信息：她和你在一起？是，回Y。

我纳闷，这厮就是典型的闷骚男。

我问："你是不是喜欢上他了？"

好久，她说："所有的誓言，都是谎言织的梦。所有的谎言，都是任性长的茧。"

然后眼泪掉下来。

走出小店，我和凉风一前一后。

她的长发被风吹起，美丽如初，她说："他明天要调去江城总部了。"

我说："走了真好，要不然你以后总会担心他要走。"

凉风突然坐到路边的石凳上，十指插进头发。

她说："以前明明是他要靠近我，为什么最后舍不得的却是我。"

我大惊，接不上话。

她继续："这么多年了，我听过很多笑声，他们都很像他，但终究不是他。"

她猛地跳起来，指着我：

"简宽，你告诉我，喜欢和爱，有什么不同？"

我没接话。

她大笑，说："喜欢，就是不离开；爱，就是离不开。"

5

深夜，我坐在电视机前，无聊地翻手机。

女主持人说，未来房价就像女人的无肩带文胸，一半人在疑惑，是什么撑住它呢？另一半人在喊，掉下来，掉下来。

去你的文胸，老子就喜欢它掉下来。

我突然翻到了九点五朵的说说：

我期待有一个倾心的人
一起等待秋天梧桐的轻吟浅唱
一起等待春天花园的烂漫缤纷
从清晨到黄昏　从清风流云到樱花飞舞
从冬天到暮春　从浪奔岸头到孤帆远影

那天后，凉风人间蒸发了。

6

有一天，我在外图参加一个活动，凉风突然打电话给我，问我有没有空。

那天晚上，我们相约在张西西的酒吧。

凉风说："我去找他了。"

我问："后悔吗？"

她说："去后悔一阵子，不去后悔一辈子。"

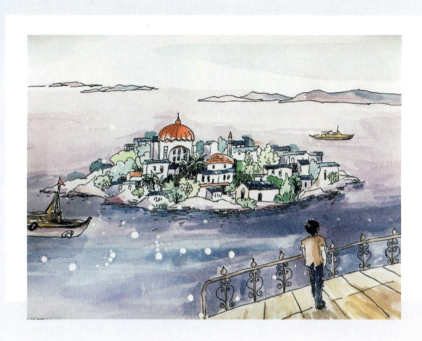

如果不能住进你的岛屿

漂到哪里

都是浪迹天涯

然后，她突然拉住我的手，不顾旁人目光，忧郁地说：

"我没钱买房子，但知道你有办法。"

她继续说："有个晚上，他在梦里说了一句话，吓了我一跳。"

我问："什么话？"

她说："他说买个房子也不是那么难。第二天我问他，他说想不起来了。"

我点了根烟，沉默。

…………

那些年，我一直相信自己的进步会赛过房价的速度。后来楼下卖鹦鹉的眼镜大爷一番话，让我勇敢地放弃这个想法。

一次路过他店门口，那鹦鹉热情地向我打招呼，我就随口问个价："这鹦鹉多少钱？"

大爷说："一百元。"

我再问："那鸟笼多少钱？"

大爷说："两百元。"

我说："去你大爷的，鸟笼比鸟还贵。"

大爷说："你说是人贵，还是房子贵呢？"

我无语。

凉风听完，哈哈大笑。

我说："再大的房子，也比不上你的笑你的闹。所以做人要爱自己，别去爱房子。"

她点头大笑。干杯。

7

凉风放下酒杯，说：

"十年走过许多城，最后没想是江城……

"在那里，两个人疯子一样在大街上吃豆皮。

"一起穿越地铁站口，傻乎乎坐过几个站，再绕回来。一起走过长江大桥，一起站在滔滔的江边，从午后到日落……"

她的目光闪烁：

"在那一城，有人与你立黄昏，有人跟你胡搅蛮缠，有人跟你胡说八道，人生完美。"

酒吧的灯光打亮她的微笑，打亮她湿漉漉的脸庞。

凉风拿手机给我看他们的合影。

江岸边，柳絮飘飘，两个人背靠背坐着。

她说："人世间最好的情感，就是两个人并列站在一起，玉树临风，看着那一江东水，你知道他在想什么；你累的时候，知道他就是你的肩膀。"

干杯。

那天晚上，我喝得头晕目眩，第一次不省人事。

醒来后发现在自己家里，打开手机看到凉风的留言：

简宽，你酒量老了，耶……

我坐在风扇前，问它我老了吗？

结果它摇了一个上午。

翌日，凉风回江城。

8

有个晚上，我正在斗地主，凉风打电话给我。

火急地说："九点五朵失踪了。"

"多久了？"

"三天了。"

"报警了吗？"

"报你个头，你帮我找找他？"

"你先别急。"

我打电话给九点五朵，关机了。

第二天，这厮现身了，约我在双子塔的一家中餐厅见面。

我问："为什么？"

他吐口烟，说："太重了。"

我问："多重？"

他说："她回岛上那几天，枕边空了，心也空了。我爱她，可我什么都给不了她。"

我问："那你有什么打算？"

他放下酒杯，说："打算申请调回来了，我妈叫我回去，她给我找了一个村姑。"

我掐灭半截烟。

瞬间内心沸腾，一拳朝他脸上盖过去。

血从他的嘴角滑下，落进杯里，分外美丽。

他倏地站起来，盯着我。

我盯着他。

许久，他点了根烟，说："你还记得大学毕业时，我跟你说过的话吗？"

我继续盯着他。

他说："了却不了的心事，最后都会成为往事。"

黑夜包裹着岛屿，四面都是水，像座孤城。

这顿酒我照样喝得头晕目眩，再一次比旁人先醉倒。

醒来后发现在自己家里，打开手机看到九点五朵给我的留言：

每个人的心里都藏着一个岛屿，路过的人只听到海浪的声音。

一周后，凉风回岛上，发信息给我：

"简宽，帮我个忙，把那家伙约出来。"

9

我们在张西西的酒吧见面。

两个人面对面坐着。

九点五朵先开口："我也喜欢那个豆皮的味道。"

我沉默，喝酒。

我说："这一切，她心甘情愿。"

他沉默，喝酒。

我说："她四处找你。"

他说："是。"

我说："她在江城等你，她喜欢那座城。"

他说："是。"

我说："你是不是傻 × ？"

他说："是。"

坐在九点五朵背后的一个女生，扑哧一声，嘴里的酒喷了一桌。

我忍不住大笑。

九点五朵大骂。

我滑动手机，看见凉风的说说：

那一刻，再见到你，我就无法矜持。

那一刻，再见到你，我就无法抗拒。

那一刻，再见到你，我就无路可退。

没错，就是你。

10

深夜，窝在沙发上。

我醉眼惺忪，仿佛看见一个男生，与一个脸蛋湿漉漉的女生，背靠着背坐在江畔，男生大吼：浪奔浪流，万里滔滔江水永不休……

他们各自拿着手机，各自写着说说。

女生写：

我于近处，看你芳华无数。

男生写：

我期待有一个倾心的人
一起等待春天花园的烂漫缤纷

最新的一条：

你的名字是我听过的最短的情书。

头疼死了，关机，睡吧。

即使你一贫如洗，我也是你最后的行李

九点五朵对着酒杯说："你知道吗？这世界上最可爱的男生，就是口是心非，装无所谓，心里却始终装着一个人，像这样子一条道走到黑。"

躺在沙发上，睡不着。打开手机，看见九点五朵的说说：

凉风，你的名字是我听过的最短的情书。

一整晚，他说话，我喝酒。
他喝酒，我说话。
喝了一晚上，头疼死了。

凉风又打电话，说："简宽，我能和你说说话吗？"
我突然无比骄傲地变成午夜电台。我说："你好，小姐，这里是岛屿午夜电台，我是主持人简宽，欢迎来电，你的心事我来听，请问你是被劫财了，还是被劫色了？"
凉风吼："你要不要听？"
我说："你那庋脾气，能不能改改？"
她说："我是多么多么喜欢他，又多么多么讨厌他。"
我说："你有多讨厌，就有多喜欢。"

她说："即使他一贫如洗，我也是他最后的行李。"

我离开张西西酒吧后，九点五朵和凉风有过短暂的思想碰撞，他一边投诉被我揍了一拳，一边捂着下巴，企图得到精神安慰。凉风端起桌上的酒，说："打得好，怎么没把你的狗牙打掉。"

九点五朵说："像我这种大脑和肢体一样贫瘠的人，在电视剧里至多演两集，就去领盒饭了。"

然后借故上厕所溜走。

青春如同烈酒，品一盏浮华，饮尽多少流年痴怨。

你有多么多么喜欢，你有多么多么讨厌，你有多么多么不想放弃。

所以义无反顾，所以我行我素，深夜不知归路。

凉风离开张西西酒吧后，一个人去果果部落。

很多时候，我们总以为自己会走过那个坎，以为一段时间后再回头，那些事就可以轻松过去了，可是结果却总是适得其反。

凉风说：

"我以为自己能够把他扔掉，忍着憋着自然就过去了。我以为时间是最好的良药，看着手腕上的手表一分一秒地跳过，等到最后它却成了迷药……"

凉风声音哽咽。

她说："我难受，你给我讲个笑话吧。"

我说："要荤的，还是素的？"

她笑出声来。

大学时，我和九点五朵、十九号师兄三人，无聊时就猫在画室角落抽烟、编故事。凉风在一边低头画画，镇定自若。

　　有一次，九点五朵问她："凉风小姐，我讲个笑话给你听，如果你笑了，亲一下？"

　　凉风低头画画，没理他。

　　九点五朵说："沉默就是默认。"

　　凉风低头画画，没理他。

　　九点五朵说："念小学时，老师说下午第一节活动课举行拔河比赛，结果是什么，你知道吗……"

　　凉风低头画画，没理他。

　　九点五朵说："结果我在校门口的河边等了一下午，没有一个人来拔河。"

　　凉风扑哧一声，笑喷，扔下画笔，离开。

　　凉风在电话一头大笑，说："曾经的我一步一步地走出来，现在的我却又一步一步地走进去……"又说，"我在梦里迷失了太久，久到自己差点忘了出口，现在我想走出去，走出去和他一起编织未来，我想拥有属于自己的那一份温暖，也许有一天这些真的会再慢慢冷掉，慢慢从那个不离不弃的位置上淡化，可是我不怕。"

　　凉风深吸一口气，继续：

　　"虽然那时候我们也许都已经变老，但我相信没有什么会比回忆更妨碍美好。"

　　我靠在沙发上，听她安静说话。

脸上一阵冰凉，用手一摸，发现自己在流泪。

我心里大骂九点五朵。

凉风继续说话："我相信时间，时间是最好的答案，不管那答案对我来说，是值得还是不值得……"我想起，那天在莲花吃煎蟹时，凉风说九点五朵讲起他的初恋。

九点五朵那点破事，大学时我就知道了。大一下学期，有个晚上我们在校门口吃烧烤、喝酒、摇骰子，九点五朵大醉。

喝醉了就说胡话，一说胡话他就哭，哭了他就说真话。

凉风吸了口气，继续说话：

"我不知道，我这是孤单，还是寂寞？"

我说："孤单，是你心里在找一个人；寂寞，是你心里那个人没在身边。"

她沉默了一会儿，然后说：

"春天就要到了，接下去又是绵绵春雨了，虽然依旧向往雨中的乌镇，喜欢落寞的丽江，喜欢云南的多情，但不打算去了，喜欢一座城，是因为喜欢那座城的人，或者是一去不复返的决心。"

我说："也许在一转身的时候，你会遇见最美的他。"

在时间的轨道上，天空后面是天空，雨过总会天晴，只要你勇敢前行。

凉风停了好一会儿，没有声音。好久，她说：

"时间是最好的等待，未来是最好的自己。"

然后说拜拜，挂了电话。

我喜欢那城市温暖的光，那秋天纷飞的梧桐叶。只要那个同行的人，是你就好。

窗外月光如水，洗去了一身酒味。
我打电话给九点五朵，这厮转身跑到香江码头去喝酒。
他叫我出去。
我冷笑答应。

那天夜里，我拼命摇骰子，他拼命喝酒。
喝完最后一杯酒，他对我说："你知道吗？这世界上最可爱的男生，就是口是心非，装无所谓，心里却始终装着一个人，像这样子一条道走到黑。"

望着九点五朵一脸醉态，我的耳边回响起凉风的话："我喜欢他，我不要他有多完美，我只需要他能让我感觉到，我就是唯一。我只想陪他一起哭泣，一起微笑，我喜欢他。"

我喜欢你，即使你一贫如洗，我也是你最后的行李。

看你往哪里跑

我心想，我什么东西都不留，就只留一根发绳。

能够绑住你的影子，绑住阳光，绑住黑夜，绑住你的笑，绑住所有的情歌。如果能这样，那该多好哇！

1

郭大侠在香江公园，心花怒放地给我打电话。

他激动得说不出话，好久才说："我看见石头上写着，蔓越莓，你妈喊你回来结婚了。"我说又不是喊你结婚，你激动啥？

郭大侠十分肯定，他说："这回我不能再轻易放掉了。"

我说："加油！"

他叫我出去喝酒，要庆祝这胜利的果实。

我说："那你还是赶紧去找你的蔓越莓吧。"

爱情就像两个人的拔河比赛，你若怕她受伤，就不要轻易放手。

2

郭大侠把石头上的字，拍到朋友圈。

我一看，这不是蔓越莓的字迹呀！

蔓越莓是当年校门外一家甜品店的服务员，郭大侠喜欢上蔓越莓，天天往甜品店跑。

毕业后郭大侠先来了岛上。因为蔓越莓的家在岛上，后来她和郭大侠经过一番商量，决定把甜品店开到岛上来。

3

2013 年夏天，蔓越莓带郭大侠去认准丈母娘。

准丈母娘审核没通过，理由是郭大侠没房子。

郭大侠喝了三天三夜，醉后大喊："我穷，我开心。"蔓越莓要扶他回甜品店，他一个字："滚！"

蔓越莓一听，眼泪哗啦啦下来。

有一次，他们在香江公园幽会，被准丈母娘尾随逮到，蔓越莓气得离家出走，关机一个月，与世隔绝。郭大侠整日借酒浇愁，喝醉了就喊："我穷，我开心。"

大伙儿一筹莫展，只能陪着他喝酒。

有一天，郭大侠请我喝酒，他端着酒杯说：

"她打电话给我，让我把蔓越莓找回来。"

我说："谁的电话？"

他说："她妈的。"

4

蔓越莓在郭大侠的说说下留言：

"叫我回来，不好意思，滚远了。"

郭大侠回复：

"被心爱的人忽略是一件很难过的事，更难过的是还要装作若无其事。"

我回了他们一个球，坐在沙发上哈哈大笑。

等了半天，大家都没话了。

不一会儿，蔓越莓打电话来，吼道："简宽，郭大侠睡我妈那儿了。"

我从沙发上跳起来，大喊："这狗东西，不要乱来。"

我的心里，突然紧张起来。

5

我安慰蔓越莓，让她慢慢说。

蔓越莓说："我跟他开玩笑，说我妈写的那句话是想叫我回去相亲，不是同意我们在一起的。他听后火冒三丈，直奔我家。我就想气气他而已。"

蔓越莓继续说："我妈说，他一进门吼了一嗓子，就倒在沙发上睡着了。"

我问蔓越莓："那你准备怎么办？"

她说："等他醒了，我再回去，我让他知道什么叫滚。"

6

没过多久，郭大侠突然发信息给我，我一看哭笑不得：

"我假装醉酒，我知道她妈妈已经同意了，我就故意跑到她家来，我就赖在她家里等她。"

他说，这次得站对位、跟对人，不能再让她跑了。

思念不如一见，想念超出地平线，如果你爱我，你就会来找我，是不是？

7

高三年级时，同桌是学习委员。当时她考全班第一名，我是倒数第一名。第一名和最后一名的区别，就是优等生犯错老师视而不见，差生犯错老师拿来当反面教材。因为老师的视而不见，我恨死学习委员了。

后来班主任请产假，换了个姓孙的老师，个子超矮，大家暗地里叫他"土行孙"。他一来就宣布了一条新规：背诵抽查，不会背的抄五十遍。

从那天起，我每天的课余时间都在抄课本。后来，"土行孙"把检查任务交给了学习委员，我大喊"万岁"。学习委员替我挡了几次后，叫我帮她收拾前桌的小苑，一开始我觉得师出无名，下不了手，她就威胁我："不干是吗？"

我问："为什么？"

她说："我喜欢你，可是我知道你喜欢她。"

那一刻，我的心掉到了冰窟窿里。学习委员除了成绩好，我真看不出她有哪个地方长得好，胖得像个球。

为了免于抄课文，我无奈就范。

有一次夜自修，我让学习委员把发绳借给我，然后悄悄把小苑的辫子绑在椅背上，然后假装看书。

下课时，小苑站起来，一个趔趄摔在地上。小苑趴在座位上呜呜哭，学习委员坐在座位上哈哈笑。

"土行孙"大叫："谁干的？"

全班沉默。

"土行孙"看着我，又吼了一声："谁干的？"

然后，学习委员半弯着腰站起来。我内心一阵感动，这胖妞居然替我躺枪。没想"土行孙"突然一个手势，叫她坐下，然后眼睛直盯着我。

结果我被罚抄课本。结果这胖妞逍遥法外。

结果小苑帮我抄了五十遍。

结果我发现，不管你做错了什么，真正喜欢你的人，她都会原谅你之前对她所有的刁难。

8

后来毕业时，学习委员拿着留言簿叫我写留言。

我写"货蠢大是我"，后加一句"反过来读"。她读了一遍，拿着留言簿要打我，我赶紧往厕所跑，跑到门口才发现一急跑进了女厕所，她把我堵在门口，喊："看你往哪里跑！"

然后站在厕所门口呜呜哭。

小苑站在班级门口哈哈笑。

再后来上大学，报到的时候，发现学习委员居然也考到同所学校，我一看赶紧转身溜走。刚挤出人群，后面突然有人大喊一声："看你往哪里跑！"我那贴在衣服后面的帽子被揪住了。后来我讨厌死了那种戴帽子的衣服，每次到学生街看见，内心就有阴影。

学习委员在中文系，我在美术系。东西相望，距离一公里，没什么联系，后来渐渐忘了。

有一天，我和大家在操场上打球，旁边有人喊："简宽，来一下。"

我回头一看，吓了一跳。

小苑从福州来找我，送给我一个精致的礼物。

我："这是什么？"

小苑："钢笔。"

我："签名吗？"

小苑："你想我的时候，写信给我。"

我："你想我的时候，怎么办？"

小苑："回信给你。"

我："我没有写信给你，你就不写信给我吗？"

小苑："那我写信给你，你回信给我好不好？"

我激动得眼泪要掉下来。

9

后来我和小苑写了一年的信。

慢慢地，我发现小苑的信，字数越来越少。

后来，我写信给她，她再也不回信给我了。

再后来，我等了一个月，依然没有音讯。

……

我等了两个月，想去福州找她。

10

迎接期末考，女生都在教室里挑灯奋战，男生都在宿舍里准备作弊答案。

第一科是中国美术史，拿到试卷我就开始掏衣兜。

正紧张抄答案的时候，突然一只手从后面伸过来。我一阵冒汗，连抬头的气力都没了，心里大喊：人赃俱获，这下惨了，全校通报是躲不过了，可能还得落个留校察看。

正晕乎时，一个胖胖的背影从我身旁走过。

是胖妞。她的手臂上挂着"巡视"二字，胖妞居然混到校学生会去了。那时校学生会的人，要协助考场做巡视。

看着她回望对我笑，我恨不得把她爆炒了。

考试快结束时，后面又伸了一只手过来，往我手里塞了一张字条。

我一看，是答案。我抬头一看，是胖妞。

那一刻，看着她的身影，我眼泪差点滚出来。

11

放寒假前，我跑到中文系的女生宿舍门口等胖妞。我买了一只泰迪熊要送给她，等了半天，不见她出来。

后来打她的宿舍电话，同宿舍的人说她不在。

再后来，我发现她和美术系一个男生走在一起。

悲愤之下，我索性把泰迪熊扔到草坪上，左踢右踢，用力一踢，掉进水沟里。

这叫什么？失恋吗？

毕业后没多久，胖妞结婚了。

我送了她一只泰迪熊，我在那个泰迪熊的屁股上，写着：我是大蠢货。

胖妞一看，脸色凝重。

她问："这是什么？"

我说："我是大蠢货。"

她哈哈大笑。

那张写满选择题的答案，还有那封没有送出去感谢信，一直被我压在日记本里。

12

新学期又开始，我接到电话。

小苑："你还好吗？"

我："我好久没有收到你的信。"

小苑："我不要信，我们分手吧。"

我："……我要信，我不要分手。"

小苑："你记得你绑住我的头发吗？你记得我帮你抄了五十遍吗？"

我："我记得……"

小苑："如果让你在留言簿上给我留言，你会写什么？"

我心想，我什么东西都不留，就只留一根发绳。

能够绑住你的影子，绑住阳光，绑住黑夜，绑住你的笑，绑住所有的情歌。

如果能这样，那该多好哇！因为那些都是你的心事，只有我知道，旁人走得太快，看也看不见。

电话挂了。

挂的时候，我好像看见小苑泪流满面。

后来，我始终没有去福州找她。

13

胖妞结婚时，我去参加她的婚礼，顺路去了小苑的家。

她的房间还是以前的，靠最东边的那一间，小门外绿树掩映，阳光灿烂，这是她喜欢的感觉。她的那张书桌上面，放着一张照片，侧脸微微笑，照片后面有一沓信。

我朝她的小脸蛋上，吐了一个烟圈。

我拿起化妆盒里的一根发绳，拉一拉，自语：看你往哪里跑。

看着她那样灿烂地笑，我越来越难过。

我知道那沓信里，有我寄给她的，有她还没来得及寄给我的。有记着我们说过的话，走过的风景……

盒子里还堆着她出国的资料、病历卡、药罐子。

我的心情突然落落落，落落落……眼泪强忍着。

14

我在她家里，和她姥姥说了好多话。

我和她姥姥说了很多很多我们以前的事，说得她姥姥呵呵笑。

离开前，我哈哈笑。

离开后，我眼泪掉下来。

我想，她姥姥也一定和我一样，等我走了，眼泪才掉下来。

因为她最疼小苑，也在等她康复回来。

15

在后来很长的时间里，我继续等待，等待一个女生回来。

女生："如果让你在留言簿上给我留言，你会写什么？"

男生："我什么都不写，就只要一根发绳。"

…………

有个晚上，我和郭大侠在香江公园的酒吧里喝酒。

他跟我讲到和蔓越莓的最新进展，准丈母娘对他说："你们快点领个证，证领了，我看她还往哪里逃！"

我默默喝酒。酒吧里响着郑源和蒋姗倍对唱的《红尘情歌》：

浪漫红尘中有你也有我，让我唱一首爱你的歌……

那些永远等不回来的等待，只能一个人独饮。在那伤心的歌声里，我仿佛回到十年前的那些情景。

小苑："我不要信，我们分手吧。"

我："……我要信，我不要分手。"

小苑："你记得你绑住我的头发吗？记得我帮你抄的五十遍吗？"

我："我记得……"

小苑："如果让你在留言簿上给我留言，你会写什么？"

…………

我心想，我什么东西都不留，就只留一根发绳。

能够绑住你的青丝，绑住你的影子……

如果……如果是这样，那该多好，因为那些都是你的心事，只有我知道。

第二辑

别离

你是我生命中
注定的惊喜

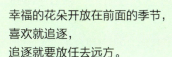

幸福的花朵开放在前面的季节，
喜欢就追逐，
追逐就要放任去远方。

爱我的和我爱的，新年快乐

如果你真喜欢一个人，不必逞强，不必说谎，喜欢就要大声说出口，懂你的人，自然会知道你真实的模样。

大一时，王鑫因打架被退学，十年未见面。

2015 年的大年三十上午，他突然打电话给我，我一下子回忆不起来。

他说："你忘了吗？咱俩当年一起偷菜的呀！"

说到偷菜，我哈哈笑起来。根据他的提醒，我打开多年没用的 Q 群，发现他的 QQ 签名还继续沿用当年的话：我们偷的不是菜，而是人生。

我说："果然是当年的那个菜农。"

王鑫的车子刚下高速就抛锚了，他在 Q 群里发了救援令，一个名叫落英缤纷的回复他：按地理位置划分，那个地盘要找简宽，然后把我的电话发到群里。

我开车去载王鑫，经过莲花时，我想起当年同班的燕子，就说："燕子就在这附近，要不要叫她？"他没听见似的，坐在副驾上玩游戏。

当年，我们几个建了个私群，其中一条群规是，以后谁在哪座城市混迹，谁就是那里的地主。毕业后大家流动作战，每个人穿梭在一座座城市之间，地主不断变换，联系不断变换，Q 名不断变换，就我死守一座孤岛，一晃天荒地老。

为了维护一个漂流作家的名声，我说："中午我做地主，请你吃饭吧。"

在一转眼的时间中，什么都有可能改变，只有那些流逝的风景和人群，会不时地让你心心念念。

我打电话给燕子，她正忙着安装电脑软件。

电话里她愤愤地说："气死了，看了大半天的'用户说明'，不懂啥意思。"

我说："拉到最下面，点'同意'不就得了。"

她说："这么简单吗？"

我笑着说："是呀，下次和你男朋友吵架，就想想这个。"

我请王鑫在莲花吃饭。燕子也来了，她把没回家过年的一些人也叫来，其中几个是当年不同班的，2015 年燕子进岛时，他们陆续一起跟来，我和他们平常没什么联系。

我问燕子："咋一个人留在岛上过年呢？"

她眼睛一瞪，说："别提那个尿货了。"

我说："你是'用户说明'读得太认真，这事你得请教王鑫。"

话毕，一桌子瞬间鸦雀无声。一旁的小雨用高跟鞋踩住我的脚，向我使眼色。小雨是大学隔壁班的，性格直率爽朗，和燕子是老乡。我借故上厕所走出包厢，小雨跟出来，说：

"你知道吗？王鑫是燕子的前夫。"

这叫什么？巧合吗？

青春的世界，一转身就是离别，一回头就是重逢。不经意的一句话，常常都是带着伤和痛。

小雨吸了一口烟，说："当年王鑫打架，是因为燕子。"

我说："王鑫因为一个女孩被开除的事，这我知道。"

当年听说他联合社会头目，在操场上和一帮政教系的男生火并，当时学校正在迎接省质检，处理时简单了事，内幕大家都不太清楚。

印象中的王鑫，是一个爱交朋友、很有生意头脑的人，热衷研究电脑软件，平时四处帮人安装软件挣取烟酒钱。当时许多人到外面租电脑来宿舍打游戏，王鑫内外兼并，整合资源，做起电脑出租生意，做得不错。

被退学后，王鑫回福州老家开电脑维修店，我所知道的他的消息，只有这些。

2015 年夏天，燕子来到岛上。

小雨说："燕子毕业后回福州老家，后来和王鑫结婚，后来离婚了。后来燕子说不想待在福州，那座城市味道太熟悉，后来我们就一起来岛上。可她的心里一直藏着王鑫。"

她踩灭地板上的烟头，继续说：

"你别看她整天嘻嘻哈哈的，其实外表坚硬的人，内心都是

很柔弱的。"

　　燕子来岛上的第一天，我们相聚在张西西的酒吧。我问她毕业后在忙什么，她眼神躲闪，说："瞎忙呗，卖茶叶蛋。"

　　当时我大笑："好生意呀，如今搞导弹的，也比不上卖茶叶蛋的。"

　　她也大笑："你要不要合伙？"

　　我们一起喝酒，天南海北。

　　后来燕子在莲花租房子，和几个人开网店卖茶叶，我偶尔会向她要些茶叶，当时我知道她和一个男的走得很近。

　　小雨说："其实她和那个人没什么，就是朋友关系。"

　　我说："没关系等于有关系，有关系就等于发生关系。"

　　小雨白了我一眼，嘿嘿笑。

　　那天中午，我们一起喝到太阳快下山才各自离开。

　　走出餐馆，王鑫醉醺醺地说："老子不回家过年了，找个小姐开房去。"

　　我拦了辆的士，让司机把他送到凯越酒店。燕子没看见似的朝路边走去，说要找朋友搓麻将。小雨要去菜市场采购食材，晚上请大家吃年夜饭，我说："好，晚上用酒搞好关系。"小雨扑哧一声，大笑。

　　我把车子开到燕子身边，说："小姐，三缺一，玩不？"

　　她笑嘻嘻跳上车，说："玩你个头，我骗你们的。"

　　我问："你们是谁？"

　　她没接话，眼睛望着前方。

　　我直截了当，说："燕子，我都知道了。"

她没接话，眼角潮湿起来。

我说："每一段路，只要心有不甘，就是还没有走到尽头。"

她的脸上挂着两串漂亮的泪水。

如果你真喜欢一个人，你不必逞强，不必说谎，喜欢就要大声说出口，懂你的人，自然会知道你真实的模样。

燕子坐在副驾驶座上，眼神伤感，说：

"我们是高中同学，他一直喜欢我，我也喜欢他。大一的时候，他每天会在食堂开水房排队帮我打开水，有一次排队时后面的同学插队，他和他们吵起来，后来对方动手打了他，他就约人在操场上打架。他的脾气就那样，后来他就被退学了。"

夕阳透过挡风玻璃，照亮燕子发红的脸颊，她擦去脸上的泪水，继续说：

"毕业后，我回去帮他打理生意，后来我们结婚了。婚后他的那个地方一直有问题，我带他去检查，医生说时间太久，很难治愈。那时他才说，是那次打架受的伤。他说过不下去了，离婚吧。"

很多时候，总要发生点什么事情，才能知道内心最忘不了的是什么。

寂寞的岛屿，烟花四起。

小雨做了一桌丰盛的年夜饭。开饭时，她把我拉到一边问："听说王鑫去开房了？"这时候，王鑫打电话来问我："简宽，你在哪里？"

燕子在厨房里忙，我装作若无其事的样子，把听筒按免提：

"我在燕子这儿围炉，要不要过来喝一杯。"

他沉默了一会儿，说："我先去拉车。"

然后说："爱我的和我爱的，新年快乐！"

燕子端着一盆水煮活鱼出来，问我和谁说话。

我说："那个尿货。"

她"哦"了一声。大家举杯共饮。

岛屿的烟花，一朵朵打亮窗户，光彩夺目。

燕子眉开眼笑，一杯一杯地和大家喝酒。望着她开心的样子，我恍惚看见当年的一幕：

黄昏的冬天，一个嬉皮笑脸的男生，在开水房前长长的队伍里打完开水，然后提到女宿舍的门口，那里刚好有个女生在等他……

然后他笑嘻嘻转身走了。

生活总是有那么多的故事，不管是过去还是以后，最后都会变成岁月的一张便笺。便笺会发黄，时间会变老。

幸福的花朵开放在前面的季节里，所以，喜欢就追逐，追逐就要放任去远方。

前面的道路偶尔会迷茫，但不会一直迷失。

春夏秋冬，终有一季芬芳，希望的光，迟早会照亮你的窗。

你有故事我有酒，我来陪你唠一宿

有些话，当我们静静想的时候，总会不自觉地发笑。

有些故事，已经过去，当我们再回忆的时候，还会掉眼泪。

有些情节，虽然不生动，当我们再聊到的时候，总会变得很深刻。

这个世界上，每个人的心里都塞了许多东西，所以我们会笑、会哭，会悲伤、会寂寞……每个人的错过，都不是因为过去的那个时候，有多好或多不好，而是那个时候，有多在乎或多不在乎。

所以，对过去，想不开的，就不想。

所以，对以后，得不到的，就不要。

所以，你要坚强。

虽然你不知道自己有多坚强，但有时候，你除了坚强别无选择。

有一天夜晚，在张西西的酒吧遇到姜梦。

两个人一起喝酒，说了一宿。她叹气："这感情的事，得不到的，就不要。"

我说："你太纠结。"

她说："遇见他是意料之外，突然间我心里有了寄托。这么说吧，我每天夜里最快乐的事情，就是拿着手机和他说'晚安'，然后一天谢幕。"

有时候，在一起其实并不难，难的是要和对的人在一起。

爱对人，永远比爱上人更重要。

我问："那拔火罐呢？"

她说："我的心已有了别人，所以，就这样。"

我说："其实每个人的错过都不是因为那个时候有多好或有多不好，而是有多在乎或多不在乎。"

姜梦没说话，举杯喝酒。

好久她才说："其实和他在一起，我也没有想过要开花结果。"

她和我干了一杯，继续说："也许我现在和他在一起，最终也是悲伤落幕。可我不是芒果爽，做不到人见人爱，拔火罐的身边实在太拥挤，让人无法呼吸。"

拔火罐是大学不同系的同学，他读数学系。大二时因为学生宿舍楼拆建，大家混住在一起。拔火罐唱歌厉害，跳舞厉害，溜冰厉害，经常有女生在宿舍楼下喊他出去玩。

酒吧里环绕着动力火车的《当》。

那是张西西喜欢的歌。那是大学宿舍最流行的歌。那是姜梦在毕业晚会唱的歌。

姜梦跟着节拍，哼起来：

当太阳不再上升的时候

当地球不再转动

当春夏秋冬不再变换

当花草树木全部凋残

我还是不能和你分散

不能和你分散……

对于这场相遇，姜梦心里比谁都清楚，只是因为想不开，她是一个不含任何添加剂的女生。她嘴上哼着歌，眼角渐渐潮湿。

她喝完杯里的酒，继续沉浸在音乐里。

有时让我们哭的并不是一首歌，而是藏在回忆里的人。

后来有一天，拔火罐来找我，两个人一起吃饭。

他说："姜梦又不接我电话了。"

我说："人家不接你电话，你就不要一直打，在乎你的人自然就会回给你。"

他说："我已经等了三天三夜。"

我说："估摸这会儿正和哪个小鲜肉在喝酒。"

拔火罐吼了一声："你帮我联系她？"

我莫名感到他的声音在颤抖，于是打电话给张西西。

张西西说，姜梦在她的酒吧里唱歌。

见到姜梦的时候，她和张西西正在聊天。

我问她："拔火罐打电话给你了。"

姜梦说："不接。"

我问："为什么？"

她不说话，喝酒。

我说："今天是女生节。"

她呵呵笑了一下。

有些话，当我们静静想的时候，总会不自觉地发笑。

有些故事，已经过去，当我们再回忆的时候，还会掉眼泪。

有些情节，虽然不生动，当我们再聊到的时候，总会变得很深刻。

大二上学期，拔火罐喜欢姜梦，他托人捎信给姜梦，姜梦拒绝。

原因是拔火罐的身边太拥挤，没有安全感。

拔火罐不死心，追了姜梦一年。姜梦最后同意做朋友，但只做普通朋友。拔火罐把姜梦的回信撕成碎片，从阳台撒出去，像一片片飘落的雪花。

九点五朵安慰："亲爱的拔火罐同学，你是有故事的男生，大凡有点冷艳的女生，都喜欢有故事的人。"

九点五朵耗费一年时间，终获凉风芳心，正筹划冬天一起去哈尔滨看雪，他说："听说下雪的时候，和喜欢的人一起走，走着走着头就白了。"

"要不我让凉风约姜梦，到时四人同行，你负责买火车票？"

九点五朵哈哈笑。

拔火罐说："不去。"

九点五朵说："姜梦一直没有男朋友，背后一定有故事，咱要不想个长远计划。"

最后，拔火罐请九点五朵喝酒。

最后，他们决定在女生节搞个动作。

春天的校园，像一座奇妙的城堡。

当晚 10 点整，两个人打开电脑，大伙儿一旁围观。

九点五朵打开 Q 群，发了一条消息：征集女生节广告语，主题围绕"拔火罐"与"姜梦"，届时评选十个优秀奖，男生奖励啤酒一提，女生奖励电影票一张。

大伙儿呆愣。

群里一阵骚动。

一个叫枫桥夜泊的说：不管男女几比几，不爱他人只爱你。

众人大笑。

接着是梦里花落：拔火罐今天是王子，姜梦今天是公主，全力顶你们。

拔火罐笑得眼泪掉出来。

群里继续骚动：

姜梦是拔火罐他妈指定的儿媳妇。

金秀贤属于全女生，拔火罐只属于姜梦。

为了姜梦甘卖肾，基友女友变前任。

…………

群里一片沸腾，大伙一片沸腾，宿舍区一片沸腾。

征集进入低潮，九点五朵突然在群里发了一条：

姜梦，要是以后拔火罐欺负你的话告诉我，我去掰弯他。

大伙儿一看，笑爆。

拔火罐把九点五朵摁倒在床，两个人厮打。

姜梦招架不住，最后说了一句话：

拔火罐，喜欢我脾气这么差的人，真是委屈你了。

姜梦接纳了拔火罐，后来他们一起走到了毕业。

后来拔火罐留在泉城教书，姜梦来岛上打工，拔火罐每周来岛上见一次姜梦。

再后来两个人因为距离和一些破碎，慢慢走远。

酒吧内，单循着忧伤的音乐。

我和姜梦聊起当年女生节的故事。

她的脸上微微笑，可是眼泪在打转。

我说："这个世界上，每个人的内心都充满故事，所以每个人都会笑、会哭，会悲伤、会寂寞……"

姜梦点头。

我问："你心里还有拔火罐？"

姜梦眼泪掉下来。

爱情就是这样，你要像一只猫，一边静静舔着痛，还要一边去歌颂。

拔火罐知道姜梦有了其他人，可他依然爱着姜梦，他说这些都是他造成的。

姜梦的心里爱着拔火罐，可她回不去，她习惯了这个岛，习惯了孤独，习惯了与拔火罐的聚少离多。

再后来，有一次我去泉城做活动，拔火罐请我吃饭。

我问他的近况，他说：

"真正相爱的人，有多少理由都不会分手。"

离开时，他拿了一张协议书给我，叫我给他做个见证。

看完后，我大笑一声，眼睛潮湿。

拔火罐在协议书上写道，甲乙双方本着相互信任、将爱进行到底的原则，签订本合同，根据合同，乙方需对甲方履行以下义务：

从现在开始，我只疼你一个，不会骗你，

答应你的每一件事，我都会做到，

对你讲的每一句话，都是真话，

不离开你，不伤你，相信你，

有人欺负你，我会在第一时间来帮你，

你开心的时候，我会陪你开心，

你不开心的时候，我也会哄你开心，

你永远最漂亮，在我的心里，只有你。

他拿出笔，在乙方的后面挥毫写下：拔火罐。然后叫我在见证人一栏签字。

那天晚上，我在张西西酒吧和姜梦唠了一宿。

后来姜梦说了实情，她和后来的那个他，也只是普通朋友罢了。

我说："大学时九点五朵说，姜梦一直没有男朋友，背后一定有故事。"

她哈哈笑，说：

"当爱已慢慢变成了依赖，是否还能笑着说离开？"

那天晚上，姜梦说，高中失恋过一次，当年她和班长谈了两年，毕业后班长考上广东的大学，她考上泉大，两个人后来走散了，这段感情一直有阴影，直到那次的女生节，她才慢慢放下过去。

所以，对过去，想不开的事情，就不想。
所以，对以后，得不到的东西，就不要。

半年后，拔火罐辞去公职，来到岛上一家私立学校教书。
岛上房租太贵，他一开始先住到我这里。我整理书房给他住，翻抽屉时看见一个信封，里面是他当时那张协议书。一年多来，搬了几次房子，丢了许多东西，可那个信封一直在。
我拿出来再看，眼泪要掉下来。

我把它还给拔火罐。
他看了一下，整齐叠好，放进包里。
他说，要留着以后给他儿子，也算是遗产一份。
我大笑。

在这个世界上，每个人心里都塞了许多过去的东西，所以每个人的内心都充满故事。
每个人的错过，都不是因为过去的那个时候，有多好或多不好，而是那个时候，有多在乎或多不在乎。

你是我生命中注定的惊喜

有些人，失去了联系，就失去了。
有些爱，失去了感觉，就失去了。

我有两个高中的同学，当年在班里偷写情书，怕被老师发现，所以各取了别名，男的叫庐山，女的叫恋之，听说是一起去看了《庐山恋》后突发冥想的。

高中毕业那年，庐山和我一起考上泉大，恋之落榜，不久后去福州打工。

庐山去念大学时，恋之送他去车站。

当时两个人难分难舍，可没坚持一年就败下阵来。

因为庐山有次到福州去找恋之，看见恋之和一个男子挽着手走出工厂大门，庐山二话没说打道回府。

2017 年大年三十上午，庐山从泉城回老家，打电话约我搓麻将。然后我和他，还有高中的同学黑鸡，三个人华丽丽开了十几公里路，到了一处山野人家。一进门才知道，他所说的四缺一是恋之。

最终我们三个不厚道的，赢了人家几千块，开开心心拿钱走人。

刚走出门，恋之在背后大喊："你们给我站住。"

我回头一看，恋之提着一把菜刀，双眼瞪圆，凶神恶煞。

三个人站在门头不寒而栗。

黑鸡弱弱地说："恋之，我们不要钱就是了。"

恋之说："老娘在乎那几个钱吗？帮我捉鸡去。"

恋之炖了一锅鸡汤，把周围的高中同学都叫来，请大家喝茅台。

乡村景色宜人，我们相聚在恋之的小洋房二楼露台上，大家多年未见，一番相互拥抱后，举杯庆祝鸡年的到来。

恋之一杯杯地敬酒，庐山看得目瞪口呆。敬到黑鸡，她说："黑鸡，今年你得抓住'鸡'遇，努力找个女人，不然明年就累成狗，到后年你就变成猪了。"

黑鸡大学毕业后在泉城开了一家游戏厅，专门祸害未成年人，至今保持光棍儿，恋之把"猪"的声音拉长，瞟了一眼庐山。

庐山接话："哪怕一线生'鸡'，也要费尽心'鸡'。"

恋之吼道："没人跟你说话。"

庐山自讨没趣，咕噜噜地喝。大伙儿哈哈笑，恋之说："刚才麻将赢最多的发红包，手气最佳的接龙。"

然后她拉了一个群，取名"鸡鸭成群"。

众人笑歪。

庐山没吭声，恋之呼着酒气：

"黑猪（庐山的小名），你个猪头，把赢的钱都给老娘拿出来。"

庐山灰头土脸，只好发个红包，然后大伙儿兴高采烈抢红包，然后女生破口大骂，都说点错了，把红包又还给庐山。

我们认真一看，才发现红包留言是：谁愿做我女朋友，点开吧。

恋之双眼放光："庐山，你要不要脸？"

大伙儿沉默，接着大笑。

大一那年秋天，庐山从福州回来后，抱头睡了一天一夜。

醒来后，扔了一句："贱货，要不要脸？"

他把三年来和恋之的六十多封情书，全部拿到宿舍走廊烧掉，看一封，往垃圾桶烧一封，扔一封，掉几滴泪。看他难受，我说："庐山，你休息下，我帮你烧吧。"

他坐到一边，我看一封，往垃圾桶烧一封，笑一声。

他看我笑，哭得越大声。

我看着信，笑得越大声。

烧到最后一封，我看见了一段对白。

她：我很好，只是脾气大了点，个性古灵精怪点……

他：我就喜欢，喜欢你的古灵精怪。

她：因为不能好好保管自己，所以才遇见你。

他：……你是生命中注定的惊喜，才值得让我一直等你。

她：我会每天穿得很漂亮，只是照着镜子，太想你了。

…………

秋风吹过，多少往事心头落，撒满一地的破碎。

我笑着朗读着最后两行，然后问他这封烧不烧。

庐山抓过信，双手发抖，嗫嚅道："烧，烧，烧，全他妈烧了。"说完把信塞进衣兜，抬头望天空，老泪纵横。

那是庐山写给恋之的最后一封信。

他始终没有寄出去。

花开就一季成熟，剩下的全是孤独。

青春就一次疯狂，剩下的是张单人床。

生命就一场初恋，剩下的都是疲倦。

而我每天依然会过得很好，笑得很大声，只是再见到你时，太难受了。

女生纷纷把红包还给庐山，只有恋之没还。

她指着庐山："这货今天拉了一车人，专门到我家抢钱。"我和黑鸡大笑。黑鸡对恋之说："恋之，把红包还给人家，你是有夫之妇。"

大伙儿看着恋之。庐山没吭声，只喝酒。

恋之说："有夫之妇？他就是个性冷淡。"

大伙儿眨巴着眼，恋之继续："那死鬼，每次回来就只扔钱不耕田。"

大伙儿一阵狂笑，然后干掉杯里的酒。这时，恋之的手机响起来，她看了一眼手机，没接，继续喝酒。没一会儿，手机又响起来，恋之接起来就吼："想两清了，是不是，想就回来呗。"

恋之挂掉电话，沉默了一会儿，说："那死鬼要分家产了。"

大伙儿瞠目结舌。

漂流岛

恋之举着酒杯，旁若无人地嚷着。

当初从福州回来后，恋之心灰意懒不想谈恋爱了，就随便找个有钱的男人嫁了，那个男人后来在外面有女人，几乎不回家。

恋之连喝三杯，说：

"如果不能改变，那就只能改嫁。"

大伙儿个个心酸得半死。

恋之当初在高中时，也是一枝花，追她的男生排到校门外。

那时庐山坐在恋之后桌，有次庐山找恋之借五块钱打游戏，后来赢了钱要还她，恋之转过身来说不用还，两个人推来推去，结果硬币掉到恋之低胸衣里去。情急之下，庐山抓住恋之的胸领，好久才缓过神松开手。恋之满脸通红，大骂流氓。

两个人经过那次的亲密接触后，渐渐走近。

有一次夜自修，几个社会混混儿到班级窗口来喊恋之。他们叫恋之出去，恋之坐在座位上没动，他们就朝恋之身上扔口香糖、字条。

庐山看不过去，拿着铅笔冲到教室走廊，向他们喊话。

几个社会混混儿一哄上来，庐山和他们厮打在一起。

结果庐山鼻青脸肿，满脸是血。

结果庐山擦着鼻血，在校长室站了一晚上。

结果两个人的恋情，百尺竿头更进一步。

结果庐山考上泉大，恋之在车站与他吻别。

恋之说离婚了，这小别墅不要了，她只要城里的一套小房子。

黑鸡说，如果是他，就什么都不要，净身出户。大伙儿齐喊："黑鸡牛叉！"

恋之白了黑鸡一眼，说：

"就算是大雨让这座乡村颠倒，我也还是我自己。"

恋之说完，举杯敬大家。

黑鸡说："2017年的第一天，说完的话，就是过去的话，喝酒。"大伙儿全站起来，举杯互祝鸡年走鸡运。恋之接着说："比起集五福更靠谱的是，老娘要发红包了。"

大伙儿纷纷拿起手机，平时总是一个人玩手机，终于过年了，太好了，大家终于有机会聚在一起一块儿玩手机了。

借着红包接龙的氛围，庐山问恋之：当年为什么和别人好上？

恋之说，那时候爱得太辛苦，是不爱了，不是跟别人好上了。

庐山又问：那有没有想回头尝试一下？

恋之端着手机，沉默片刻，边抢红包，边说：

"有些人，失去了联系，就失去了。有些爱，失去了感觉，就失去了。"

第二天庐山回泉城给客户拜年。

我和黑鸡陪恋之去那男人家。一路上，黑鸡捏着拳头，说："去他爷的，敢乱来老子干他。"恋之大笑，说，你干不过他的。

进了门，我和黑鸡望着一屋子金碧辉煌，一阵唏嘘。等了一会儿，那男人从房间内出来，足有一米八的个头儿，黑鸡一看，脸就黑了。

男人开口："乡村别墅和城里的小房子，都给你……"

黑鸡倒吸一口气，双眼发亮。

这时候，那男人的手机响起来，他走回房间去接，出来后说："她打电话来说，宝马给你，是我对不起你，你一个人过日子不容易，如果可以就这样，我还有事要去办。"

回来路上，恋之一人坐在后排，默不作声。

我看见后视镜上的她，在流泪。

恋之哭完后，在"鸡鸭成群"里发了一个红包。

留言是：我想带一个靠谱的男人，十五一起看花灯。

午后的阳光下，我懒洋洋地躺在阳台的背椅上。

庐山发信息给我，他说过完年后，要去福州发展。恋之在群里发的红包，始终没人去动它。想到这些，我打了个电话给庐山，电话关机了。然后打电话给恋之，语音提示不在服务区内。

好像一刹那间，全世界突然失联了。

阳光下，有多少值得怀念的从前，掉落在摇摇晃晃的青春边沿，就这样年复一年。

回想大学时和庐山一起烧信件的情景，庐山喃喃自语：你是我生命中注定的惊喜，无论刮风下雨，我都会一直等着你……

在那个垃圾桶旁，我陪他追忆了三年的故事。

一起烧到最后一封，看见一段对白：

她：我很好，只是脾气大了点，个性古灵精怪点……

他：我就喜欢哪，喜欢你的古灵精怪。

她：我会每天穿得很漂亮，只是照着镜子，太想你了……

遇见你，花光我所有的运气

人海人山，我携带满心的欢喜，越过万世浮华，在山与海之间寻找，花盛开就是一季，叶飘落就是一年，我花光所有的运气，在有生的瞬间遇见了你。

1

花菜在群里问，一年三百六十五天哪天最团圆，答对有赏。大家纷纷抢答，结果一个名叫玄冰女子的说是情人节，大家一阵膜拜，花菜没吭声了。

朱哥说："什么叫花菜？"九点五朵说："就是昨天的花，变成今天的菜。"

花菜 @ 九点五朵，扔了一串球，群里爆笑。

花菜原名黄发财，新生报到时，理了个光头。后来系里规定不能理光头，他就戴着一顶花帽子。没多久，头发长出来，大家发现原来他是天生卷毛，头发一长，像朵花菜，爆炸美丽，花菜由此得名。

大一下学期，花菜喜欢音乐系一个叫罗曼丽的女生。情人节当天，校门口都是玫瑰花、电影海报。花菜挖空心思，想送给罗曼丽一个与众不同的礼物。

下午，他抱了一朵花菜回宿舍，众人大跌眼镜。

他说，这叫什么？

创意！

春寒料峭，夜色浓重，寂寞的人都在被子里，热闹的人都在
杯子里。

2

当天晚上，花菜很晚才回宿舍。大伙儿看他耷着驴脸，就知
道答案了。

花菜好久才吼了一声：明明白白我的心，渴望一份真感情……

然后倒头进被窝，一夜无眠。

大二上学期，花菜又喜欢上一个女生，这回比较高端，是中
文系的学生会主席。

有一次大伙儿在操场上打球，花菜指着一个女生，骄傲地
说："你们看，就是她，长得咋样？"

女生扎着两条马尾辫，穿着深色长裙，手里抱着一本书。

朱哥一看，说："不咋的，像个五四女神。"

花菜捡起篮球，砸向篮板，昂起头："五四女神咋了？我
喜欢。"

花菜喜欢一个人没理由，习惯一厢情愿，热衷与众不同。

大学是七彩的年华，青春是魔方，爱情是全世界拼成的乐曲。

花菜的爱情，是万里天空的蓝色。

3

经研究，花菜决定在七夕节，给五四女神写一封情书。他花了一天一夜，洋洋洒洒几千字，最后拿给我们看。蔡大头看完，说："尚且可以，像自传。"

朱哥叹气："老套。"花菜打了个哈欠，一脸自信。

他阐述了从小到大如何如何成长，如何如何因一场高烧才考上这所三流大学，再如何如何喜欢五四女神，最后写到以后会如何如何对她好……

花菜说，如果一个女生愿意接受过去的你，那么她就会喜欢现在的你。

五四女神最后邀请花菜参加文学社。

一个月后，花菜果断退出文学社，原因是花菜的情书被退回。

主要情节有，五四女神对花菜的情书进行一番圈点批注，错别字、语病，统统用红色笔改了一遍，比如："1314"被改成了"一生一世"，最后评语是：请严格运用语法。

最后结局是，花菜气愤地把情书捏成一团，扔进垃圾桶，然后吐了一口唾沫。

然后呸了一声："他妈的烈女。"

朱哥安慰："别羡慕别人秀恩爱，保持单身方能不败。"

那时候朱哥刚刚失恋。

4

当晚，花菜请大家在校门口喝酒。

花菜吃了一口菜，说："我感觉吧，书读太多的女孩都有点傻，我预感将来她和我也不会有什么共同语言。"我说："机会还是有的，人家好歹费心帮你改情书。"

花菜没说话，从口袋里摸出一条玉佩。

玉佩上面雕着一只鸡，五四女神的生肖，花菜省吃俭用两个月才买下的。他倒满一杯啤酒，把玉佩慢慢放进杯子里，那玉佩慢慢沉下去。

然后打了个酒嗝："这叫什么？痴情者，必自饮。"

所有的痴情，最后在一杯酒里，沉寂无声。

朱哥继续发表心得体会，什么1314，什么情人节……统统拉倒吧！

喜欢你的人不过节也会喜欢你，不喜欢你的人天天过节都一个样，死心吧，别在花菜和情书里寻找安慰了。花菜趴在桌子上，自言自语：

不喜欢你的人，天荒地老，你感动不了。

5

五年之后，我在岛上要做一个活动，约了个策划师在香江码头咖啡厅见面。

一见面差点掉眼泪，这个人居然是花菜。我问他毕业这些年都去哪儿了？

他说："毕业后没多久，就来岛上了。"

我说："怎么都没听说呢？"

他喝了口酒说："后来倒卖假货，坐牢了。"

我吓了一跳："怎么回事？"

花菜来岛上后，和朋友一起卖假画，后来被人举报查处，关了两年才出来。

我没有追问细节，问他："那接下来有什么打算？"

他熄掉手里的烟："在岛外租了一个平房，和女朋友一起做电商卖烟酒，闲时在外开出租车载客，想多攒点钱……元旦带她回老家结婚。"

我脑海里忽然想起情书故事，笑着说："恭喜你，找到'1314'的人了。"

他吸口烟，说："还是她。"

我一口酒差点喷出来，问："谁？"

他说："五四女神。"

6

有个夜晚下大雨，花菜在公交亭里等车。一个女生也急匆匆躲进来，冲得太快撞到花菜身上，花菜一看，竟然是五四女神。他们就这样戏剧性地再相遇了。

花菜说："没想到她也在卖假货。"

"后来，她走的一个大单被查获了，我帮她揽下来。"

我在里面，她给我写信，两年写了近百封。

我说："所以你们又走到一块儿了？"

花菜点点头，说在里面时，她有一封信，让他一整夜睡不着：

人海人山，有很多很多的幸好，但一直没有我的机会。我携带满心的盼望，越过万世浮华，在山与海之间寻找，花盛开就是一季，叶飘落就是一年，我花光所有的运气，在有生的瞬间遇见了你，幸好你只有我……

7

离开时，花菜塞给我一袋烟，说："不是假货，放心。"

然后说："她其实是个感情丰富的人。"

然后和我拥抱一下，头也不回地消失在夜里。望着他的背影，我的眼睛模糊起来，仿佛听见当年他说的话：

如果一个女生愿意接受过去的你，那么她就会喜欢现在的你。

…………

后来我和花菜用了三个月，一起把活动做完。

我把赚得的钱大部分给了他。我说，你要结婚，这单子赚的钱全部当贺礼。

他和我拥抱，说："好兄弟。"

8

一年后，他打电话给我："婚没结成，反欠了你一笔账。"

我接不上话，他说："她妈嫌我历史不好。"

然后说："我还不是为她背的黑锅？这贱货关键时一句话都没有，躲在出租屋里装睡。我忍无可忍，就分手了。这贱货又在倒卖私货，祝她早日被抓，哈哈哈……"

我不知道他是在自笑，还是在嘲笑。

我说："感情就像牙齿，掉了就没了，再装也是假的，何苦呢？听哥的。"

他说："好。"然后挂了。

那之后，花菜音讯全无。

我们都是行走在时间里的人，我们都在各自的世界里。

9

又过了一年。花菜打电话给我，问我在哪里，要找大家一起吃饭。

席间，我问他："这一年都在忙什么？"

他说："继续做电商。"

我问："那卖什么？"

他说："两性用品。"

然后向大伙儿推介各种产品，需要的找他，厂家直销价。

大家哈哈大笑。

花菜边跟大家喝酒，边玩手机。我问他是不是生意很好，他呵呵笑。然后在群里发了一个问卷：一年三百六十五天哪一天最团圆？

他看着所有答案发笑，这时他的手机响起来，他接了电话说："好哇，那你过来喽。"

不一会儿，包厢门边站着一个女生，我一看很眼熟。

花菜向大伙儿介绍："这就是传说中的玄冰女子。"

玄冰女子笑了下，两个酒窝很漂亮。

我喝得迷迷糊糊，感觉那个笑容很熟悉，就是想不起来。

玄冰女子端着酒杯，喝了一圈后坐到我旁边。

花菜和其他人PK喝酒。她掏出手机，说："简宽，加下微信啦。"

我愣了一下，直截了当："你是谁呀？"

这时花菜大声插话进来。

他大喊："都说我不喝，非叫我喝，好了现在喝出事了吧，中奖了吧。"

一伙人围过去，看着他手里捏着一个酒瓶盖。

上面写着：情人一个。

花菜看着玄冰女子："愁死我了，去哪儿换哪，长什么样啊，换回来藏哪儿呀？"

大家哈哈大笑。

这时，玄冰女子发了条微信给我："我是冰华。"

我这才想起来。八年前在校园篮球操场见过的，五四女神！

我突然觉得整个世界往下沉，像是地震的前奏。我望着花菜，他没看见似的继续和大家PK。玄冰女子发微信给我："我知道你对我有误解，当年我不该放花菜的鸽子。后来我一直打电话给他，他一直不接我电话。"

　　我："珍惜你的人会回给你。"

　　她："简宽，谢谢你。"

　　…………

　　她："我想留下他，这一回。"

　　我："加油！"

　　她："有机会，替我跟他说声抱歉。"

　　我："……"

10

　　看着花菜一杯杯地喝酒，我仿佛看见当年的他昂着头："五四女神咋了？我喜欢，我愿意。"当时我问他："你确定她会喜欢你？"

　　他说："据说那些你一笑就跟着你笑的人，不是傻子就是喜欢你的人。"

　　然后说："她不是傻子。"

　　…………

　　如果一个女生愿意接受过去的你，那么她就会喜欢现在的你。

　　不喜欢你的人，天荒地老，你感动不了。

　　喜欢你的人，不远千里，她会找到你。

　　爱你的人，她会说。

祝自己天天向上

生活的姿态，就是我站在那儿不动，你能感受到我的萌萌哒。

平安夜在沙发上冥想一夜，突然间被自己的极度安静吓坏，仿佛整个世界与我无关。时间一分一秒过去，所有计划都需要毅力，只有自己清晰。不知道自己的年龄什么时候已经到了三字头，不能接受那一段整整三百二十八天的失去，不能接受几天后又是一无所获的一年，在倒退时光的路上，沿途丢掉了多少风景，才换回现在的清醒，这些年总是承诺太多实现太少，很多时间里的事情，是在等待继续，还是在等待自己放弃。

岛屿的霓虹，留给每个心怀不同故事的人。三年前我曾经骑着单车绕过半个环岛，如今灯盏换过，路牌换过，酒吧换过，三年后发现一直陪着自己的，还是那个孤独的自己，青春的灯火若即若离，是什么让你一直怀疑？

总觉得自己做了好多好多的事，可回想起来，大脑里却一片空白，每天走过的那条熟悉的大街，到头来都回忆不起失梦之路的起点，毫无倦意的夜晚，自己像个傻瓜一样，蓦然发现三十岁以前，究竟欠下多少东西。

手机一部一部更换，通信录里的号码一年里有多少没拨过，每次换手机依旧存起来。从发 E-mail 到 QQ 再到微信，不断变化的交流方式，最后不知道朋友圈里换过几拨人，手机里的收藏夹变成回收站，微信说有空一起吃饭的话最后都是敷衍，每夜在翻阅朋友圈的疲倦里入眠……光速总是比音速快，所以我们总在开口前，天就亮了，醒来时记不起自己在梦里说过的话，就这样日复一日、年复一年，慢慢积压着一堆不为人知的烂账。

以前经常说，将来要怎么样怎么样，现在经常说，以前怎么样怎么样。

曾经计划的那个将来，走一步看一步吧，成了挂在嘴边的口头禅。

大学毕业时写满电话和地址的留言簿，早已不见了，只有相聚在酒吧时，才会想起谁谁谁。曾经一遍遍告诉自己，哪怕前方无知己，往后的路谁也不允许，结果还是欺骗了自己。

记得大学毕业时，一位同学送了一套黄鹤楼的纪念册，告别时说到他家乡去记得联系，当时我们紧紧拥抱。有一年到武昌，坐公交路过他工作的地方，翻翻手机，却找不到他的号码了。摆放在书架上的旧相册，能回忆起的情景也是缺章少节。

三十岁前说，世界上有一种相遇叫相见恨晚。三十岁后说，世界上有一种别离叫相望相安。每个人都是一片丛林，迷失的人迷失了，别离的人终究何时会相见。

许多故事，它们只是一幕无色的哑剧。

岛屿多少灯盏，我们只是路过的一缕光影。

朱哥说：生活的姿态，就是我坐在那儿不动，你能感受到我的萌萌哒。他浏览了我最新的微博，回想他在酒吧笑抽的模样，瞬间又看见了那个义无反顾的自己，多想让这一切停留在时间的坐标上。

记得有一次回家，急着赶回岛上忙，来不及吃母亲做好的饺子，匆匆走了，母亲掉着泪说：别回头，小心摔着了。从儿时到长大，这句话听过无数次，以前总是回头哈哈笑。从那次以后，就不敢再回头，而是大步往前走。后来心里想，以后回去再赶时间也要吃顿母亲亲手做的饭，不再让她流泪。

可是后来发现，回去的次数在变少，他们往心里流的泪在变多。

到最后才发现，世界里没有违背的模样，却装满违心的模样。

想了一晚上，头疼死了，不再去想了，慢慢地缩进沙发睡着了。醒来时发现门外月光洒满大地，大街依然一片热闹。

走出门去，发现门口的烧烤摊不见了，左看右看，找不到哇！最后在小区的边门找到摊主，我问她今夜咋搬到这儿来了，她说："这个楼梯有个赊账的好久没还，他们在打麻将，晚点会下来吃夜宵，我搬过来堵他。"

我听完哈哈大笑。

时间的单行道上，不管是生活还是烧烤，再小的账都是账，最后都是要还的，是不是？

一段平安夜的告白，祝自己天天向上。

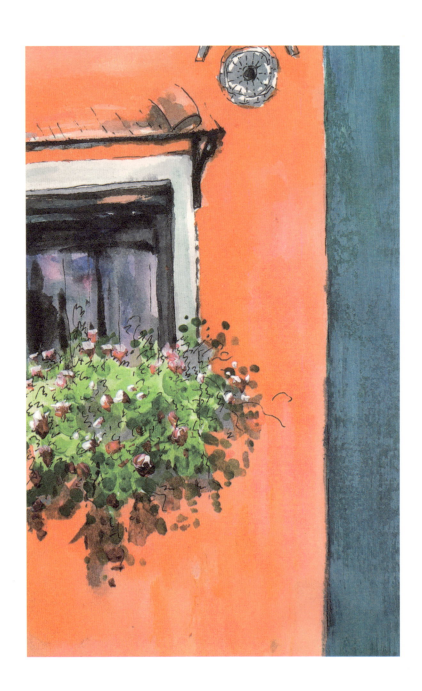

第三辑

你真的
不懂我吗

我守候在咖啡屋的窗前，
像夜晚在收藏最后一颗星星。

心甘情愿，许你一世春暖花开

我守候在咖啡屋的窗前，像夜晚在收藏最后一颗星星。在清冷之隙徘徊，我等着你，等着与你欢愉彼此的光芒。我希望有个鲜花与奶茶的时光，等你把我印染成你心仪的颜色。

1

九点五朵让我去趟泉城，帮他选购茶叶，凉风说要一起去。

傍晚时我打电话给她，话筒里传来一个男人急促的喘息声，我惊问："你是九点五朵吗？"对方说不是，我再问："那你是谁？"

对方说："我是抢手机的，你媳妇在后面追我，先不说了。"

我一阵晕乎。

2

九点五朵最后辞职，众筹开了一家网咖，凉风闲时搭把手。两个人和十年前一样，经常吵架。有次大家一起在包厢里吃饭喝酒，两个人又吵起来，结果凉风气呼呼离去。

我对九点五朵说："赶紧拦住哇！"

他说："不用拦，等下她就回来了。"

凉风转身怒道："这次我再回来，就不是人。"

九点五朵："你不回来，还是我的人。"

大家仰头大笑。

凉风走后，九点五朵说三个人刚好斗地主，大家很快进入状态。突然门被踢开，不出这厮所料，凉风又折回来："我的手机，我的钥匙，还给我。"

九点五朵一阵大笑。

凉风冲过去，把他压在沙发上，一阵暴打。

3

那天晚上凉风和我会合后，心花怒放地说，下公车时兜里的手机被一个男子抽走了，她一路拼命追，那男子一急跑进了死胡同，凉风从地上抄起一根木棍，正要下手，男子赶紧把手机扔给她，撒腿逃命。

我听得目瞪口呆，凉风笑得花枝摇晃。

凉风和九点五朵在网咖经营上有些分歧。网咖生意不好，凉风要转让掉。九点五朵却认为，生意再不好也是兄弟们喜欢的地方，不能说撤就撤。

凉风讲完手机事件后，聊到网咖的事，一肚子怨气，我说："喜欢时不得了，不喜欢时受不了。"

凉风骂："这王八蛋……就是受不了。"

我附和："这王八蛋，鳖下的……"

相爱的人在一起就像淋浴，不想凉凉，不想太烫，温度把控很重要。

4

泉城的夜晚和十年前一样魅力无限。

凉风指着远处的东大街："的哥，这条街的灯光好美哦！"

的哥一听激动起来："这些都是那些当家的搞的，听说是缅甸进口的，缅甸的货是不是都是免电的呀？"师傅是湖北人，一路上和我们嘻嘻哈哈。

我说："免电的，自己会亮。"

他说："如今这当家的真爽，什么都可以免，泡妞是免费的，吃的野味是免费的，连这路灯也是免费的……"

我说："师傅，你哪天当家了，也都免费了。"

他说："我们都是平民啦……连房子都买不起，还当家，当个狗家。"

我说："说不定哪天你命被改写了，我们都归你管了。"

师傅兴奋起来："那是，命这东西不好说。"

然后问："你说到时大家都要免费的，会不会打架呀？"

我说："当然会……"

他说："那不是狗嘎（咬）狗了嘛，一定很好看。"

三人一路捧腹大笑。

第二天，九点五朵采购完茶叶，路过七星天桥时，遇到一个算命先生，他蹲下问："一卦多少钱？"凉风大喊："你想改运变狗，狗嘎（咬）狗吗？"

九点五朵站在那儿，茫然地看着我。

凉风问："师傅，你坐在这儿几年了？"

师傅说："十几年了。"

凉风说："那你自己算过吗，为什么十几年坐在这儿，还不能狗嘎（咬）狗？"

师傅坐在那儿，茫然地看着我。

九点五朵一路问："什么叫'狗嘎（咬）狗'？"

我和凉风大笑。

5

三人逛累了，拐进一家茶馆。

凉风坐定后问："你说怎么办？"九点五朵问："什么怎么办？"凉风说："网咖呀！"

二人四目对立，围绕网咖经营，又争执起来，场面激烈。

凉风最后撂下话："若再聚众喝酒，走人。"

九点五朵拍桌："若不聚众喝酒，哪儿来人气。"

两个人吵到不欢而散。

回来路上，九点五朵开着他的破捷达，一路骂：

"这混货，亏我平时怎么教她做生意，我这么拼命不都是为了将来吗？我就是个傻×……多少傻×为红颜，多少红颜为了钱？"

我说："傻 × 太难听了。"

他沉默了一下，说："这脑残。"

说完剜了我一眼："你在骂我吗？"

我目视前方，哈哈大笑。

他双眼瞪圆："不过这婆娘说的也有道理呀，又要交房租了。"

然后拍了一下方向盘："去他大爷的，烦死。"

走过经年，捡起内心的破碎，才发现有些故事一上场，就知道了下场。

6

凉风一个人留在泉城，回原来的公司去跑保险，后来和一个做互联网的老乡走得很近，这是朱哥偷偷告诉我的。九点五朵大骂："这混货真的不管我了，这混货扔下一堆破烂走了。"

我说："别这么说，混货也跟你相好过。"

九点五朵叹口气："也是……"

然后说："我这心里难受哇！"

有一天夜晚，我和九点五朵在网咖喝酒。

两个人喝得支离破碎，他问："简宽，你告诉我什么叫'狗嘎（咬）狗'？"

我嘴里的酒笑喷一桌子。

他听我讲完后，说："就我这命，能改吗？"

然后脸色惨淡："这个月倒亏八千。"

最后说："不做了，真他妈累。"

我顿时惊住，酒意全无。他说："这网咖，装着两个人的吵架声，她这一走，空荡荡的。"

我问："那你往后怎么想？"

他吐着烟圈，说："我想明白了，她说的有道理，可我还是那么理直气壮，我就是个傻×，放着那么好的一个女孩不珍惜。"

我说："你可以再把她追回来呀！"

九点五朵掏出一个信封扔给我："人家结婚请柬都发到我这儿了。"

我一看，凉风竟然要结婚了。

网咖四面寂静，秋风吹过的雨丝飘过窗边。

七月的风，八月的雨，等待一个遥远的你，和满血复活的自己。

7

九点五朵把网咖转让后，交完房租水电费后还剩一万多块，他请大家在网咖里最后喝了一顿酒，大家喝得无比伤心，九点五朵喝得号啕大哭。

第二天清理网咖时，他把一些东西打包后扔进后备厢，然后把一个大相框拿给我："这是当初凉风叫你帮忙写的吧，我一直没有挂起来，什么网咖语录，现在不用了，还给你。"

我随手丢进后备厢："接下去呢？"

他说："这岛太孤独，一个人出去透透气。"

说完一脚油门走了，一切记忆在尘土中淹没。

8

秋天快过的时候，九点五朵回岛上，说一个人在外混不下去。

我说回来也好。然后两个人一起去了张西西的酒吧。

蔡大头的酒吧在张西西的照料下，生意好得不得了。

大家举着酒杯对张西西喊，蔡大头有你这样的女人，三生有幸，有幸，幸……大家坐在酒吧里互相吹牛，开怀大笑。

张西西指着九点五朵："你再这么浪下去，等大头回来收拾你。"

九点五朵是当年班里最有才华的，到最后也混得和我差不多，彼此一无所有。

张西西举着酒杯，说：

"喝完这杯酒，我们去看看那个网咖做得好不好，不好就把它收购了。"

9

喝完酒，几个人并列走在大街上边喊边笑，一切恍如昨日。

网咖的生意似乎不错，人来人往。我和九点五朵搭着肩走进门，两个人几乎同时看见，吧台上方挂着一个新相框。

九点五朵吓了一跳，我仔细一看，是那个网咖语录。

两个人左看右看，张西西说："看什么看，见鬼了？"

我站在相框前，看着上面的字发呆：

　　我在岛上等你，等待一个鲜花遇上奶茶的时光，等待一片潮水漫过沙滩的海域，从白霜覆盖到一路花开，从夕阳西下到华灯初上，等待一个开出对你思念的夜晚，我守候在咖啡屋的窗前，像夜晚在收藏最后一颗星星。在清冷之隙徘徊，我等着你，等着与你欢愉彼此的光芒。我希望有个鲜花与奶茶的时光，等你把我印染成你心仪的颜色，我在窗前独白，心甘情愿，许你一世春暖花开。

10

　　张西西坐在落地窗前和一个女孩子搭话。

　　我一看，是凉风啊！九点五朵转身要走，被我拉住。

　　张西西拉起凉风走过来。凉风看着九点五朵，说：

　　"当初我只是想气气你，我知道朱哥不可能替我保密，我太了解你们了。"

　　凉风嘻嘻笑。

　　后来，凉风也想开了，她觉得九点五朵当初说的有道理，做生意就是做平台，后来她做保险挣了些钱，就私下和张西西商量，把这个网咖再盘回来。

　　凉风对九点五朵说："在这个岛上，我也没什么朋友，你能帮我吗？"

　　九点五朵张着嘴巴，说不出话来。

我替他说："狗嘎（咬）狗……这下真的狗嘎（咬）狗了……"

所有人大笑。

大家一起坐下，举杯喝酒。

凉风望着九点五朵："我每天坐在这个窗前，一直在等你走进来。"

九点五朵望着窗外，没说话。

我怕这厮挂不住脸面，正要解围，他就开口了："以前是我不对。"

然后举杯说："好。"

这是我见过的世界上最美丽的举杯，两只酒杯久久停在半空，散发温柔的泪光，散发别后的微笑，散发所有时间里的深情绵长。

这个世界上，如果有一段路还没走完，那也是希望有相伴的脚步。我希望那个人是你，我希望和你在一起，书写春暖花开的飘逸。

11

凉风放下酒杯，哽咽着说："以后我听你的。"

九点五朵放下酒杯，望着窗外。

所有的故事里，没有人能够真正懂得另一个人的伤痛。但我相信九点五朵和凉风，他们彼此能感同身受，知道各自伤口的深度。

九点五朵转过脸，眼里闪着光：
"我知道，你这半年来过得不容易，谢谢你！"
说完泪流满面。

12

他们的故事，就像一本永远待续的小说，而我只是故事的一个插叙。

所有的鲜花与奶茶，最后都是时光笺。

所有的咖啡与烈酒，最后都成为风、化为雨，模糊你的眼。

所有人都不知道，下一个路口会是谁等谁。

而我依然在等待。

我在岛上等你，等待一个开出对你思念的夜晚，我希望你能走进来，朝我微微笑。

我守候在咖啡屋的窗前，心甘情愿，许你一世春暖花开。

对不起，我来不及等你了

天空因为太明亮，所以云朵留不住。

星星想念夜的拥抱，所以用力爬上树梢。

眼睛因为太想你，所以为你挂着雨，从此形成那片海。

这些都是你的心事，只有我能看得见。

流年似水，谁许谁的月老天荒……

1

菜瓜和孙霞两个人要去江城玩，打电话问九点五朵游玩攻略。

九点五朵和大伙儿在打牌，他按了免提："那个登鹳雀楼，离江岸有多远？"

九点五朵出错牌，怒喊："那是鹤，好不好……输牌，重来。"

菜瓜激动地叫："对，对，就是那个登鹳鹤楼……"

大家一阵大笑。

2

菜瓜和我是高中同学，当年他立志要到外面的大城市看看，可是家里太穷，读不下去。他坐在操场上，沉思良久，说："我要说服我父母，我会成为了不起的人。"

我陪在他身边，菜瓜继续说："如果说服不了，我就放不下孙霞。"

高考成绩出来，我们几个上了三流大学泉大。

菜瓜落榜，后来好长时间没联系。

大二刚开学，一次在操场打球，有人在背后叫我，我回头看见是菜瓜，内心激动，拉着他的手差点掉泪。

他说："最后又复读了一年，考到泉大。"

我问："孙霞呢？"他没说话。

3

孙霞是菜瓜高中的女朋友，高我们一届。当时我有个远亲是学校的老师，他家住在学校附近，就把宿舍借给我用，让我安静读书。有个周末，我们几个相约去录像厅看《泰坦尼克号》，看完后大伙儿说要看通宵，菜瓜和孙霞要先走，找我借了钥匙。

第二天早上出了问题，他们说从宿舍出来时，被校长夫人撞见了。

幸好那天雾霾天气，校长夫人没看出是谁。可那房间内出来的人，不是我就是老师，我倒霉死了。

那天上午，我的远亲老师声色俱厉："不是你，是谁？"

我一句话没说，等着喊家长。

等了几天，远亲老师没再找我，一切安静得让我寝食不安。

后来有人偷偷告诉我："孙霞是校长夫人的外甥女。"

我心里一阵安慰，可想想不对呀，我这不是背黑锅嘛！

那个人："孙霞都认了，男生是菜瓜。"

我问："那菜瓜呢？"

那个人："肯定没事喽，你说校长把菜瓜办了，孙霞不也得连坐。"

大伙纷纷竖起大拇指，菜瓜牛×，后台直攀校长夫人。

只是我倒霉死了，从此搬出那房子。

4

孙霞后来考上华大。不久后，他们也没联系了。

菜瓜说："她那么漂亮，自然很快会有人照顾她。"

后又继续说："她说在华大等我，可不知道为什么，没多久她给我寄了张照片，和一个男生的合影……"

菜瓜一脸茫然，抬头望着天空。

为什么？为什么你不能等到我成为理想的自己后，我们再相遇？

5

为迎接菜瓜到来，我们在校门口请他喝酒。九点五朵举杯说："欢迎你成为三流大学的一员。"喝到深夜，大伙儿搭着肩走在大街上，菜瓜打着酒嗝，说要去唱歌。

夏夜的王府街，一片璀璨。几个人走进盛世经典KTV，包厢内灯光昏暗，小妹来来回回。我和九点五朵摇骰子，他输了一排酒，叫小妹替喝，小妹低声说："哥，我今天不能喝，要不我唱首歌？"

九点五朵吼："为什么？"

小妹低下头，没接话。朱哥说："每月一次呗。"

九点五朵大笑。

菜瓜一个人在点歌台找歌，朱哥拿酒杯过去和他干杯。

九点五朵喝不下去，叫了另一个小妹过来。

小妹声音温柔："我来帮你喝。"

"孙霞，你坐下。"

我的屁股像坐到一颗钉子，"腾"地站起来，喊："孙霞——"

孙霞抬起头看我，身子从椅子上滑下去。

九点五朵大喊："满上，喝，喝……"

哀莫大于心死，是因为那些等不回来的麻木。

而更无法面对的是，有一天，你又那样没有预料地出现在我眼前。

6

三年后，菜瓜和孙霞在盛世经典相见。华大距离泉大五公里，盛世经典在两座大学的中间。菜瓜满脸震惊："你怎么会在这里？"

孙霞甩开菜瓜的手，大喊："你管不着。"说完哭着跑出包厢。

孙霞蹲在迷蒙的街边，双手抱着头，号啕大哭。菜瓜站在身后，默默看着孙霞的背。

透过朦胧的灯光，我仿佛看见菜瓜拿着麦克风，对着屏幕大声歌唱，边唱边喊：

今夜喝了一点酒，我不想再压抑自己的情感，我爱你。

菜瓜慢慢蹲下，轻轻抚着孙霞的头发。

孙霞哭倒在菜瓜的膝盖上，菜瓜扶起她，擦去她脸上的泪水。

我和朱哥转身返回。

坐在沙发上，我们喝掉最后一瓶酒。

这是大学里我和菜瓜、孙霞的再见面。

后来我们先毕业，断断续续联系不到两三次。

后来再见面，是在七年后。

7

有一次，我去泉城做活动，结束后我遇到菜瓜。他请我在九一街一家简陋的小餐馆吃饭。席间，我问他："毕业后去哪里了？"他吸了口烟，说："到处跑，混得不好。"

我问："孙霞呢？"

他说："这些日子在城南一起卖画。"

我问："她还好吗？"

他说："你还记得当年在KTV里，我说的话吗？"

我摇摇头。

他说："我就喜欢没那么好的她。"

夜又深了，整个世界一片寂寞。

菜瓜干了一杯，说："孙霞当年去兼职做小妹是不得已。那年她父亲出车祸死了，她的母亲得了重病，一家人过不下去了。"

菜瓜说："当年那张照片，她是想让我专心读书，考上大学。"

他顿了顿，继续说："这些年和她搬了许多地方，一起到处兼职。"

他倒满酒，和我干杯。中途我借口上厕所，悄悄把单买了。

那顿酒喝得我满腔难受，眼泪要掉下来。

相信有一天，所有的温柔都会从时光的缝隙里款款而来，穿过现实的悲喜与无常。

希望再见面的那一天，我们都能岁月美好，永远在一起。

8

那一年冬天的时候，菜瓜搬到岛上，我们在莲花吃饭。

喝了几杯后，他说："我骂她是个拖油瓶，不要一直跟着我，没有尽头。"

我说："兄弟，现在分手太麻烦，要删那么多鬼东西，什么微信、QQ、手机号码，等等乱七八糟一堆东西，所以能过还是将就过吧。"

他哈哈大笑，然后默默吃饭。

菜瓜和我讲起他和孙霞的一些事。

他说："有一次我在外做活动，出租屋内很闷热，回家我想顺便买个风扇，走到半路，想想还是给她买个冰激凌，带到出租屋时，已经融掉了。"

菜瓜对孙霞说："我真没用，不能给你什么。"

孙霞笑着说："我本来就不喜欢吃冰激凌啊！"

菜瓜听着，眼眶潮湿。

还有一次，菜瓜承包一个户外广告，两个人忙到很晚才结束。赶到车站时，末班车已经开走了，孙霞说："我突然想起一些资料要查找，你陪我去趟网吧。"

结果两个人在网吧过了一夜，菜瓜眼泪掉下来，说：

"她什么也没说，其实我心里知道。"

这个世界上，有一种爱叫心照不宣，却让人泪流满面。

9

又过了一年，我从外地回到岛上。有一天和菜瓜见面，他说这些日子帮张西西装修了几家分店，做了几个策划，挣了点钱，准备开个广告店。

"我想先带孙霞去走走，当作旅游结婚，这些年她也都没出去过。"

我笑着说："好哇，孙霞会很开心的。"

然后举杯，彼此开怀畅饮。

10

第二天一早，我还在睡觉，电话大响。

菜瓜叫道："孙霞不见了。"

我惊问："怎么回事？"

菜瓜说："昨晚我俩研究了一夜攻略，结果早上我醒过来的时候，发现人不见了，电话关机。"我说："你别急，会不会手机刚好没电。"

我赶过去，跟他在附近找了一遍，不见人影。

菜瓜累在椅子上，急叫："都快登机了，跑哪儿去了！"

说到登机，菜瓜打开行李箱，然后在证件袋里看见一张字条：

瓜瓜，对不起，我还是来不及等你。我走了，别问我去哪里。这些年你在我身边，我从没有羡慕过任何人，谢谢你给我的爱，这些年你一个人已经过得不容易。我爱你，但我不能一直拖累你，原谅我。愿你每天都过得像岛上的阳光一样灿烂，而我会在远方一直眷恋你。

菜瓜不停地摇头，张着嘴巴，可是什么声音也没有。

我捡起地板上的证件，翻到孙霞的户口本，看到她妈妈的那一页上，盖着标志死亡的印章，被她用胶布贴着，我的眼泪掉下来。

菜瓜拿过户口本，呆坐在沙发上。

11

望着满脸泪水的菜瓜，我脑海瞬间闪过一个画面：

头发凌乱的女生蹲在路灯下，头慢慢靠近男生的膝盖。路灯打亮她满脸的泪水，那么明亮，如此清晰……

想起菜瓜搬来岛上第一天，他跟我说的话。

"我想回去的时候顺便买个风扇，走到半路，想想还是给她买个冰激凌，带到出租屋时，已经融掉了。"

然后对孙霞说："我真没用，不能给你什么。"

孙霞笑说："我本来就不喜欢吃冰激凌啊！"

…………

这个世界上，有一种爱叫相望相安，却叫人情何以堪。

天空因为太明亮，所以云朵留不住。

星星想念夜的拥抱，所以用力爬上树梢。

眼睛因为太想你，所以为你挂着雨，从此形成那片海。

这些都是你的心事，只有我能看得见。

流年似水，谁许谁的月老天荒……

我还在努力着，你不要急着嫁人好不好

我不能再天天给你写信、请你喝咖啡、给你买礼物了。

因为我要留着时间和力气，努力变成你想象的样子，你不要急着嫁人好不好？

1

青春就是这样，谁先动了心，谁先伤了心。

大三下学期，系里要组织去省外写生。胖子一脸苦恼，他打算国庆节约马丽去金沙湾的计划泡汤了。当时辅导员是他老乡，就让他当学习委员，那次写生辅导员让他带队，胖子陷入两难，于是向九点五朵取经。

九点五朵双手合一："施主，您是要问前途，还是要问姻缘？"

胖子扔下画笔，往女生宿舍走去。

胖子站在楼下喊马丽。不一会儿，阳台上飘下一张纸，胖子捡起来，是他画给马丽的机器猫，上面写着：我想了好久，你以后别再喊我了。

胖子头顶蓝天流云，脚踩一路阳光，手拿机器猫，一边哭一边走回来。

2

当天晚上，朱哥生日请大伙儿吃烧烤，胖子无精打采。朱哥提着酒瓶子过去："胖子，今天我生日，别闷葫芦。"胖子站起来，咕噜噜喝一瓶。

九点五朵问："还想马丽？"

胖子不说话，朱哥说："我觉得，马丽不是你的菜。"

胖子抖着脸："朱哥，你别说了，兄弟我做给她看。"

胖子人虽然长得胖，专业也一般，但是家境好，憨厚老实，所以大家都愿意帮他。

那段时间，校园流行卡通漫画，有许多女生跑到美术系来求画。马丽认识燕子，她喜欢机器猫，燕子带她到班级来，请九点五朵帮忙。

马丽天生丽质，胖子一眼就喜欢上她。后来九点五朵帮胖子画了一张机器猫，胖子签上自己的名字，送给马丽。后来马丽知道了，很生气，把画从阳台上扔下来。

3

从那以后，胖子发愤图强。

每天黄昏绕着操场跑。

每天夜里靠着床头读书。

每天准时起床，不翘课，不早退。

从那以后，他不再给马丽写信，不再邀请马丽喝咖啡，不再送礼物给马丽。

一个周末，大伙儿在操场上踢球，胖子在跑步。

他跑了几圈后停下，对我说：

"简宽，你说得对，有些笑容的背后，是咬紧牙关的灵魂。你看，我这裤头，以前三十三，现在三十。"

胖子拉着裤头，十分可爱。

胖子说："以前我总是以为喜欢一个人，只要拼命地追，拼命地追，就一定能追到手。后来我发现，你喜欢一个人，越是用力去喜欢，就越会爱而不得。"

朱哥问："为什么？"

胖子说："那我问你，你喜欢一个人的第一反应是什么？"

朱哥说："激动。"

胖子说："错，是害怕！"

然后说："因为害怕得不到，你喜欢她，却害怕她不喜欢你。"

4

秋天的黄昏，拉长夕阳的背影。

胖子望着天空，说：

"所以，你就会想去知道，她喜欢的是什么。"

"所以，你就会想去努力，怎么变成她喜欢的样子。"

"所以，你如果真的喜欢她，就要努力变成配得上她的自己。"

…………

朱哥瞪大眼睛："你这是哪里来的逻辑？"

胖子说："书上写的，我结合了自己的体会……"

胖子的语气，有点不自信。

九点五朵搭着胖子的肩，说："兄弟，这话我信，最好的爱情，就是先成为最好的自己。"

胖子望着天空："所以，我要坚持减肥，坚持画画，坚持读书……"

朱哥哈哈大笑，说："不喜欢你的人，你多努力，人家都不会喜欢你。"

胖子说："起码我知道，马丽不喜欢我的原因。"

胖子捏紧拳头："所以，我要努力！"

大家一阵掌声。

青春是奔跑的少年，季节的花开放在前面，即使她不喜欢我，但我相信会有更多的人喜欢我。即使她不接受我，但我起码在喜欢她的过程中，看见了最好的自己。

5

后来胖子休学一年，他的父亲出车祸，脑震荡，他是独子，家里没有其他人，他不得不回去。临走前，大伙儿在校门口的一家饭馆为他送行。

喝完酒后，我们一起走过操场，胖子高唱着《伤心太平洋》，跌坐在草地上，大伙儿被他感染，个个伤心得要死。

胖子喊："再见了操场，再见了机器猫，再见了我的爱。"

朱哥呜呜大哭。

胖子掰过九点五朵的脸，说："谢谢你，这些日子教我画了那么多机器猫。"

九点五朵仰天长啸。胖子掏出一封信，对他说："你是我的好兄弟，帮我把这封信交给马丽。"九点五朵说："一定照办。"

第二天，胖子离开泉城，我们送他去车站。

很长一段日子，那个铺满余晖的操场，一直停留在梦幻的记忆里。有一个少年，在时间的跑道上一圈一圈地奔跑，成为四季最美的情书，慢慢被时间浸染，转眼就是流年。

6

有一年夏天，我和胖子在福州相遇。

我问他这几年过得怎么样，他说老爷子最后好起来了，继续做餐馆，他后来去进修了两年广告，在福州开了一家公司，生意马马虎虎，一年四五百万。

我"啊"的一声，说不出话来。

他说："兄弟，你要是瞧得起，要不过来合着干，凭你的才华，几年就上新三板。"

我大笑，和他干杯："'合'字一人一口吃，不合咱还是兄弟。"

胖子大笑，这时手机响了起来。

他到包厢外接电话。

进来后大骂："想坑我，娘的……"

他脱去衬衣，露出一副强健的胸肌。

我的脑海突然闪过一个场景：

青春的操场上，一个少年一圈一圈地来回奔跑，大汗淋漓，跑累了后，站在操场的中央，抬头望着天空。

我："你会成为最好的自己。"

他："所以，我要坚持减肥，坚持画画，坚持读书……"

…………

胖子余怒未消："这娘们儿，不要脸。"

我问谁，他说："前妻，离婚半年了，在外面挺着肚子，说孩子是我的。"

我一听大笑，说："挟天子以令诸侯哇！"

他笑道："是不是天子，生下来就知道啦。"

话到一半，他的电话又进来了，他接起来："你要不要过来，我和简宽在喝酒。"

我问："谁呀？"

他说："马丽。"

7

马丽在谈一个订单，最后没过来。

胖子说，当年他父亲在福州住院，有个护士对他父亲特别照顾，后来护士喜欢上胖子，胖子是孝子，在父亲的要求下，最后和她结婚。

他点了根烟，说："她喜欢的是钱，不是我。"

说完一起干杯，然后他擦去嘴角的泡沫，说：

"爱情这东西真是奇怪，你一开始喜欢什么模样，心里就永远是那个模样。"

两个人喝到夜里才离开，在出租车上，他问我：

"你就不想知道，我是怎么和马丽在一起的吗？"

我摇摇头，然后哈哈笑。

窗外霓虹飞舞，一片繁华。我想起胖子离校的那晚上，大家一起走过操场，胖子喊：

"再见了操场，再见了机器猫，再见了我的爱……"

然后对九点五朵说："我走后，你帮我把这封信交给马丽。"

第二天，我们背着胖子，偷偷打开那封信，看了几行，心潮翻滚。

我喜欢你，我所有的努力，只为了告诉你：我会不断地努力，努力减肥，努力画画，努力读书，我会一直努力等你到毕业，等到你喜欢我的那一天。

每天写信给你的，是真心想你的男生。

每天想请你喝咖啡的，是真心喜欢你的男生，这一切都是我给你的爱。可是我不能再天天给你写信、请你喝咖啡、买礼物了，因为我要留着时间和力气，不断地努力，努力变成你想象的样子，你不要急着嫁人好不好？

下车时，胖子对我说："元旦我要和马丽结婚了，你帮我叫上大伙儿，一起来。"

然后转身走进人海。

我站在宾馆门口，望着胖子的背影，好久。

谢谢你陪我追过梦

今晚，我真的很想喝个稀巴烂再打电话给你，承认我真的好爱你。可惜老子根本喝不醉。来，满上，满上，给我满上。

1

徐春是当年不同系的同学，毕业后好久没联系。

有一天，我下楼买烟时居然遇到他，才知道他和我住同个小区，在做 IT。寒暄的时候，旁边跑来一只哈士奇，向他不停地摇尾巴。他指着狗，说："听说养只狗会有美女来搭讪。"

我大笑："搭上没？"

他摇头："他大爷的，每天傍晚带它下来遛，果然有美女一起遛狗来搭讪，结果三个月后它怀孕了，我还单身……"

2

有一次我家 Wi-Fi 出问题，他一边检查，一边问："简宽，你有没有经历过，整夜抱着手机，在等一个人的消息？"我说我一躺下就呼呼睡，什么都不想。

他继续："可我就睡不着，整夜安慰自己，也许她没有看朋友圈，也许她家 Wi-Fi 像你的也坏了……手机碰巧没网。"我说："你真会自我安慰。"

他问我有什么办法，我指着他手里的路由器，哈哈大笑。

有时候，等一个人就像等 Wi-Fi，让你急得心烦意躁，还要耐心等信号。

3

一个周末我外出回来，看见楼下有人在修网线，然后看到徐春，他笑嘻嘻地说："陆小姐家的网线坏了。"这时旁边一个女生不停地喊着旁边的狗狗："小白，乖，别打架。"徐春从梯子上跳下来，说："这下估计可以了。"

女生转过脸，跟我打了个照面，我眼睛瞪大，喊："陆巧巧——"

她也大声喊："简宽——"

徐春看着这场面，一头雾水。

我对他说："我高中同学，陆巧巧。"

4

陆巧巧高三那年随父亲去了新加坡。后来她父亲的公司遇到危机，她就回国了，一个人住在泉城。那之后我和徐春、陆巧巧，经常混在一起吃饭、斗地主。

那天晚上，我们在小区门口吃水煮鱼。我问陆巧巧对上了没，她喝了一口酒，说："原本两个人，后来一个人。"然后低头吃饭，我说："别伤心，春风十里，只剩二百米。"

她疑惑地看我，我看着地上的两只狗狗，大笑。

徐春坐在一旁，大笑。

时光是夏日里的一朵鸢尾花，初见是淡紫的扉页，再见是灿烂的底页，回忆和酒填满所有章节。

5

2013 年七夕晚上，我约陆巧巧和徐春斗地主。

陆巧巧一进门就说家里的网线又坏了，我问她徐春呢？她不说话，我说："这厮敢招惹你，我收拾他。"她说："不知道咋回事，每次和他一吵架，网就出问题。"

徐春到后，陆巧巧怀恨离开。

徐春对我说，这次陆巧巧的网出问题真不是他干的。可她一直对他有怀疑。今天他去帮忙检查时，一进门客厅里插着一束玫瑰花，他憋着没问她。

徐春气呼呼说："兄弟，你看看她的朋友圈。"

我一看，陆巧巧在朋友圈发了一个说说：

"终于结束单身了，这种感觉就是……"

下面配了一束玫瑰花。

我对他说："也许曾经太美好，她放不下。"

徐春闷在沙发上。

6

我陪徐春在小区门口喝酒，他喝了一半，说："今天喝了点酒，不想再压抑自己的感情，我真的很爱巧巧。"我说："那就大声出说来。"

徐春说："她现在做网购，我们有语言，可是我们隔着一层纸。"

我要叫陆巧巧来一起喝酒，他拒绝。

然后拿出手机，拍了两只酒杯发说说：

"今晚，我真的很想喝个稀巴烂的，再打电话给你，承认我好爱你，可惜……"

然后醉倒在沙发上。

我打了个电话给陆巧巧。

她一进门，问："咋一个人在这儿？"我指着沙发上的徐春，哈哈笑。陆巧巧掏了一大块冰，放进徐春的衣领内。这厮一个激灵跳起来，刚要骂娘，看见是陆巧巧，赶紧敬礼。

看着他们在对眼，我借故离开，让他们撕扯去。

7

第二天早上，我听到楼下有狗叫的声音，探头一看，发现两只哈士奇在草地上打擂台，于是打电话给徐春。结果他好久才接电话，打着哈欠："妈蛋，这么早让不让人睡呀？"

然后，听筒里传来一个熟悉的女声："谁呀——"

我脑子一片糊涂。

有时候，爱情就像午后的雷阵雨，哗啦啦忽然而下，无处躲藏。

徐春和陆巧巧走到一起后，两个人一起做网购，后来一起去了欧洲。

陆巧巧一直希望有个人，能陪她一起看世界。

后来两个人结了婚。

8

2014 年夏天，徐春打电话说他来岛上了，有空一起坐坐。当晚我们一起吃饭、喝酒。我问他近况，他说："离了。"我没多问。

徐春说："许多事，只有爱和眼泪藏不住。"

他停了一下，继续："她喜欢我，爱的是他。"

我问："后悔吗？"

他摇头："我不恨她。"

9

我脑海里回想起徐春和陆巧巧的婚礼上，徐春牵着陆巧巧的手，穿越烛光，步步幸福，大屏幕上闪现着，他们从欧洲拍回来的一张张照片。我看见他们坐着马车，穿过大片的油菜花地，徐春写了一段配文：

从前的油菜花都很美丽，挽住四季明媚，像我对你所有的青睐，一生只够一次爱。

徐春望着窗外的路灯，说："我八岁丧父，十岁丧母，从小习惯孤独，谢谢她陪我追过梦。"然后低头喝了一杯酒，眼泪掉下来。

穿过寂寞的世界，再回首大声说谢谢。
那些一起追过的梦，一切都是那么美好，虽然终点不是你。
青春的誓言，也许转瞬在下一个路口再相见。
像一杯酒，像一个老朋友。

一辈子很长的，要和有趣的人在一起

一辈子太长了，要和有趣的人在一起，吃饭、说笑话、喝咖啡……是不是？

2014 年夏天，徐春和陆巧巧离婚后，一个人来岛上，开了家甜品店。

徐春在岛上只有我这个朋友，开业第一天我去找他。店里没啥生意，音响循环放着几首老歌，他说："听了无数遍，小二说我是无聊，可我每次听都有种想哭的感觉。"

然后说："想哭就是哭不出来。"

我说抹下洋葱，效果甚好。

他仰头大笑。

后来有个夜晚我路过，肚子有点饿，徐春做了一碗四果汤，刚入口我就吐出来："徐春，这四果汤咋是咸的？"徐春哈哈笑："妈蛋，糖放成盐了。"

他趴在吧台上，望着大街，哼着那些年喜欢的四个女生的《心愿》。

那些离逝的风

那些永远的誓言一遍一遍……

我和徐春坐在吧台上。

他说："从小到大老师都说我不是只什么好鸟，可我居然考上了大学。"

然后讲道："小学时同桌是班长，每次她上厕所，我也举手要上厕所，老师不让，我问他为什么，你知道他怎么说的吗？"

我摇头，徐春说："他说人家是班长，你是吗？"

我大笑："上厕所还有等级呀！"

他继续："后来有一次班长又要上厕所，我又举手，那死老头子死活不让我去，我真憋急了，一股劲冲出教室。"老头子在后面大喊，回来宰了你。

徐春靠着椅背，嘴里叼着烟，四仰八叉。

他继续讲："在厕所里，我听到隔壁'嗯嗯嗯'的声音，班长便秘。我左看右看，发现男女厕所的蹲坑都通着吧？"

他哈哈笑："我就捡了块大石头，扔进坑。"

徐春双手张开："石头'扑通'一声，粪便四起，班长紧张地逃出去，大喊有人掉厕所了。"

结果我被死老头子从厕所里揪出来。

结果班长的裙子溅满粪便。

结果我在全班同学面前，咬牙切齿地念检讨。

不久后，那个死老头子得癌症死了，我一听高兴死了，可全班同学都哭了，看着他们哭，我也哭了。

徐春叫了下酒菜，两个人一起喝酒。

我看着他，突然内心感伤。徐春这段时间够不容易的，整个人瘦了一圈。

他猛灌几杯，说："人生最光辉的是中学时代，我爸说我大学考了个大专生，中学念了个本科生，没水平。"

我说："什么意思？"

他说："别人初中高中都念三年，我各念了四年。"

他哈哈大笑："初中的校长是我爸的同学，经常叫我去家里吃饭，同学一看羡慕死了，那时我在学校走路都带风。"

他边喝边笑："简宽，你偷过菜吗？"

我说 QQ 偷菜地球人都玩过。

他说，此菜非彼菜。

我好奇："那是什么？"

他说："初中寄宿，夜里个个肚子饿扁，看着校门口的面馆流口水，没钱哪！后来我们几个跟老板娘做交易，我们负责到校门口田里偷菜，她给做面汤吃，五棵换一碗。"

我说："老板娘够黑。"

他眼睛一瞪："后来菜农在面馆的垃圾堆里发现了菜叶，老板娘把我们全卖了……"

校长对菜农说，我们学校的学生德智体美劳全面发展，都是好学生。

徐春幽幽说："还是校长体贴。"

然后继续："后来校长叫我爸来了。"

我大笑。

每个人的青春，都是一首意味深长的诗歌。比如早恋，比如拉帮结伙，比如作弊……那些飞逝的光影，在多年以后的某一天，彼此借着一杯酒，转瞬间就在记忆里醒来。

在这样一个简单的小店，我们一起寻找，开始于一首歌，结束于一杯酒。

两个人从猜拳到摇骰子，一瓶一瓶地喝酒。

酒瓶发绿，灯光发黄，面颊发红，内心滚烫。

那些藏在风尘里的光影，会不会像玻璃瓶里的一株绿植，开出没有风的寂寞诗行，我们都不知道。

2015 年春天，心情不好出去转一圈。

回来后路过徐春的店里，发现两个身影靠窗坐着。我擦擦眼睛：徐春和陆巧巧相视而坐，陆巧巧一边吃四果汤一边笑。我坐到暗角，静静听着两个傻帽儿对话。

陆巧巧边听边笑，徐春说："高中时有个隔壁班的男生，写信给我们班的班花，我也写信给她，后来她选了隔壁班的。我哪点比不上他了？

"后来我拉了几个人，在他必经的路口堵他，他吓得直哆嗦了。

"第二天校长找我，问我为什么打他？

"我说他老是看我。

"结果那个女孩从此不理我。

"结果那个女孩后来和那男生同居怀孕了，上了校园头条。"

徐春问："你去过云南吗？"

陆巧巧摇摇头，徐春说："大学时中国美术史课，男生大都逃课。后来老师讲了一个故事，听说云南有个村寨子，那里的女人都不结婚，晚上门口放只鞋，男人就可以进去住一晚上，不用负责的。"

教室里一片沸腾。

老师接着说："你们再不好好上我的课，我就不告诉你们，什么颜色的鞋子是什么年纪的女人！"

教室里一片沉默。

后来毕业我去过云南，打听那个寨子，发现并没有。

被他骗了好些年。

陆巧巧笑得前俯后仰。

我站起来，喊："徐春——"

徐春迅速回应："耶——"

他声音太大，周围的客人纷纷看着他。

徐春看见是我，花容失色。

陆巧巧看见我，花枝乱颤。

我问她："最近在哪里消遣？"

陆巧巧说前段时间回了新加坡，这几天来岛上玩。她父亲生意好转起来，叫她回去帮忙，可她习惯了国内的生活，最后不想回去，继续留在泉城。

我问徐春："你们咋在一起呢？"

徐春接不上话。

陆巧巧嘴一歪："不能在一起吗？"

我说："你们不是……"

"不是离婚了是吗？离婚的人就不能在一起说话吗？"

"……"

"都什么年代了，你还在迷信婚姻？"

"……"

"一辈子这么长，要和有趣的人说笑话，喝咖啡，是不是？"

"……"

2015 年夏天，徐春对我说："这岛很孤独，四面都是水，想出去找找灵魂。"

我说，严重抄袭，这不是漂流作家简宽的原创吗？

第二周，徐春又去了欧洲，开始中断大半年的旅行。

后来我多次走过他关闭的小店，心里不是滋味。

有个夜里经过，看见门上的对联掉下来，我俯身捡起来。抬头的时候，我仿佛看见徐春从里面走出来，我说："掉啦。"

他说："老被风吹掉。"

他递给我一支烟："谢谢你！"

我一听，心酸死了。

2016 年春天快过了，徐春从国外回来，理了个光头，他的身边多了个人，陆巧巧。

陆巧巧后来也来岛上，两个人住在甜品店的小阁楼里。一次去店里，她咚咚咚地下楼，喊："简宽——"

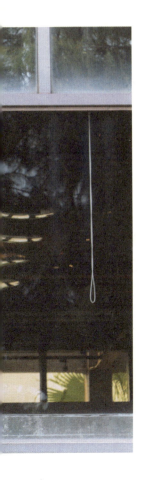

她问我要咸的四果汤，还是甜的四果汤。

我和徐春坐在吧台边，仰头笑。

音响里重复着百听不厌的老歌。

那些爱我的人

那些沉淀的泪

那些永远的誓言一遍一遍……

我在操作台拿了一块洋葱，往徐春眼睛抹了一下。

徐春大叫，眼泪滴滴答答掉下来。

生活总是会有人不断地重演我们的故事，青春是含笑的带泪的不变的眼，是开始的开始，最后的最后，我们都在走，这一切，像是梦中的风景。

我对你的爱，
不仅仅只是一个动词

我希望四季都写满你的样子，
虽然我们不能一起看完最后的风景，
但曾经在一起，也是十分美好的。

在一起这么久了，你真的不懂我吗？

有些戏幕只有影像没有声音，只有眼泪没有微笑，只有沉默没有话语。无须倾诉，无须声援，无须加持，只有一个人走，独自去回想。

我有个朋友，外号"老刺猬"，是个画师，非常有才。

他在岛上开了一家画廊，专卖人体油画，生意很火，原因是有段时间许多娱乐场所、酒店、会所，都喜欢这些犹抱琵琶的作品。

开始他都是临摹，一天画两张，好的一张可以卖几百上千。几个好基友里他算比较富的，经常请大伙儿吃饭喝酒。后来他开始研究商业模式，后来推出写生人体画，大伙儿一阵嘘嘘。

有一次，他兴冲冲对我说："你还别说，许多人问，都是美女哦！"

我说："兄弟，人家只是新奇。"

他一脸认真："我觉得这将是一个行业突破。"

我大笑："就你那眼神？"

他狐疑地望着我，我说："人长得帅不是你的错，再出来破坏和谐，就是你不对了。"

老刺猬愤愤地说："这是艺术，请别玷污它！"

一个月后，他背着画夹和行李，跑到我这儿说要借宿几天。

我把他所有东西抖出来，发现什么值钱的都没有，我说："钱呢？我失业了，你得交点生活费。"

他双眼眨巴下，眼泪掉下来："我没钱。"

我说："要不我帮你发传单，你给我跑腿钱？"

老刺猬一声不吭，缩进沙发。

第二天，两个人睡觉，吃泡面。

第三天，两个人看球赛，吃泡面。

第四天，我斗地主，他睡觉。我走过去把他吵起来："你好歹起来画张画，卖个钱吧！"

第五天，两个人都饿晕了。半夜我起来，发现这厮一人坐在沙发上，边喝啤酒边吃烧烤，我攥着拳头过去，他看着我："我真的饿，我不要泡面不要睡沙发……"

老刺猬筷子一扔，盘里的炒田螺四处跳舞。

我问："哪儿来的烧烤？"

老刺猬坐直起来："刷信用卡的。"

我说："分我一口。"

他说："我吃烧烤，你喝啤酒。"

我说："啤酒能顶饱吗？"

第六天晚上，我在斗地主，他在客厅跟人吵架。

"你想怎么样？"

"我没钱了，钱都给你们了。"

"麻烦你离我远一点，不然我报警。"

…………

我走出来，横着脸："'老刺猬'，我一直把你当兄弟，你不要把坏人招到我这来，老子可是良民，你们什么破事我不管，打架我第一个跑。"

老刺猬一听，脸色惨绿，我过去搭他的肩，想安慰他。

他拨开我的手，吼："滚！"

这又招我啥事了？

老刺猬：她叫我给她画一张人体。

我：她是谁？

老刺猬：她姿势摆不来，我就走过去……然后……

老刺猬呜呜哭。

老刺猬：然后……这贱货居然用手勾住我脖子。

我瞪大眼睛。

老刺猬：然后闫丽突然进来了。

老刺猬呜呜哭。

…………

后来我知道，老刺猬接了个单，有个少妇要画一张人体画，要求半裸。那少妇躺到写生台，姿势僵硬，老刺猬走过去指导她，那少妇就双手勾住老刺猬的脖子说，画家，你真帅。

天上掉下了个林妹妹。

正当那时，写生室的门被踢开了，闯进几个陌生人，又是拍照又是拳脚，说老刺猬勾引良家妇女。然后刀子顶在老刺猬的胸口，问他要钱还是要命。

惊心动魄过后，我深表同情："跟你说了吧，叫你不要搞你非要，现在搞出事了吧！"

老刺猬遇上了仙人跳。

我哈哈大笑。

老刺猬看我笑，夺门出去。

我紧跟其后，怕他想不开去卧轨。走了一段路，他站在一家酒吧前，问："想喝酒是吗？"我点点头，然后又摇摇头。

他从口袋里掏出一张信用卡，说："老子有钱。"

他说："拿去，刷，往死里刷。"

我弱弱地问："密码呢？"

老刺猬在昏暗的角落里，哭得稀里哗啦。

我们干杯。

事发那天，闫丽正好来画廊找他，现场被撞个正着。

闫丽哭得发晕，醒来后跑走了。

老刺猬怎么解释，怎么哀求，都追不回来。

第二天，闫丽留下一封长长的信，独自回了云南。

老刺猬想去云南找闫丽，可又不知道她的家。

闫丽电话关机，他气得哭了。

后来那几个人不时到画廊骚扰，老刺猬生意做不下去，关门跑到我这儿来。

我们在酒吧喝了一夜酒，把一周的酒全喝回来。

老刺猬满脸通红，一脸泪光。

生活的世界，有时候就这么诡谲，一切都是没有结局的开始，一切都是瞬息即逝的终结。一切痛苦都没有眼泪，一切微笑都没有欢乐，一切语言都在重复。

看着老刺猬难受的样子，我仿佛看见三年前的那个光景。

我们几个走在大街上，饥肠辘辘钻进一家面馆，等了半天服务员还不上面汤，老刺猬气得拍桌子。一个女服务员跑过来，老刺猬斜靠在椅子上："还要等多久？"

服务员笑着，说："像你长得这么帅的，可能还要多等两分钟哦！"

老刺猬立马从位置上直起身。

那个女服务员，后来成了老刺猬的女朋友，叫闫丽。

老刺猬和闫丽交往三年，到了谈婚论嫁，可生活偏偏与他上演了一幕戏。

这幕戏只有影像没有声音，无须倾诉，无须声援，无须加持。

青春是一场悲欢离合的宴席，饮罢唱罢，只一个人走，独自去回想。

灯光下，老刺猬借酒消愁。

最后擦去泪，说："我们在一起这么久了，可她真的不懂我。"

我嗟叹。

第七天，老刺猬搬回画廊。

第八天，销声匿迹。

第九天，我看见他在朋友圈发了一组照片。

坐标：云南大理。

等到风景看透，愿你陪我看细水长流

很多很多时候，在爱的面前，我们总是会变得没有抵抗力。

而老刺猬，则是完全放弃了抵抗。

1

总会有人问：这个世界上最美丽的风景是什么？

最好的答案是：一转身就遇见了你，而你要等的人刚好是我。

…………

关于老刺猬如何泡上闫丽的故事，在朋友圈里已广为流传，其手段高明，套路新颖，堪称典范。那天老刺猬说要买单，我和徐春等人先走出面馆。

老刺猬一边结单，一边问女服务员："听口音，你不是本地的？"

女服务员："嗯，老家云南的。"

老刺猬："哦，一个人跑来岛上打工？"

女服务员："嗯。"

老刺猬："我爸在车站等我，我手机没电了，能借个电话吗？"

女服务员："好哇！"

2

那天走出面馆后，我接了个电话，对方吼一声："老爸……"
我一阵蒙。老刺猬跟上来，朝我大笑："兄弟，手机借一下。"
他拿过手机，抄下刚才的来电号码，我恍然明白。

老刺猬成了面馆的常客。不久后，他与闫丽慢慢混熟了，大
伙儿的面汤慢慢改成泡面。

再后来，老刺猬和闫丽好上了。再后来，闫丽成了老刺猬第
一个人体模特。

再到后来，画廊的仙人跳事件，把闫丽气跑了。

3

在单薄的时光里，每个人都会碰上这种事：在深夜里独走一
段大街，在眼泪里独诉一段衷肠，在悲伤里冥想一夜未来。

老刺猬坐在酒吧角落，一夜间失去了刺猬的本性，我看不下
去，吼道："老刺猬——"

他好久才说："我想离开这个岛，想出去走走。"

我说："也好。"然后喝完最后一杯酒，一起离开酒吧。

从香江酒吧到莲花，走过无数次的街口却依然在重复，青春
是无数盏灯的光，从酒吧一路照射到宿舍。

老刺猬一路踉跄，看着他的背影，我仿佛看见夏日的午后，
老刺猬笑着说："兄弟，手机借我一下？"

我："喊'爸'。"

老刺猬："我喜欢她。"

我："老牛吃嫩草。"

老刺猬："改革开放就是好。"

…………

很多很多时候，在爱的面前，我们总是会变得没有抵抗力。

而老刺猬，是完全放弃了抵抗。

4

某个夜晚，老刺猬打电话给我：

"简宽，画廊房租该交了，你帮我打点银子给房东。"我刚要说，老子连饭钱都没了。他接着说："银行卡在你茶几抽屉里，还有一把画廊钥匙。"

第二天，我约徐春一起去画廊，一眼看见茶几上方挂着一张人体，仔细一瞧，我叫道："那不是闫丽吗？"徐春瞪大眼睛："没错。"

两个人站在闫丽的人体画前，一阵膜拜。

然后我看见茶几上，有一封信。打开一看，是塔朗吉的诗：

去什么地方呢？这么晚了，

美丽的火车，孤独的火车？

凄苦是你汽笛的声音，

令人记起了很多事情……

信末署名：闫丽。

5

　　有一天，徐春问我要不要出去走走，我想到老刺猬留下的那张银行卡，十分高兴地答应了。徐春一路开着车，我靠在后座看风景，陆巧巧坐在副驾驶座一路哼哼唧唧，心情很好。车子不知不觉进入景德镇。

　　临近中午，路过一家不错的小店，巧巧指着一只陶罐，问："师傅，这陶罐一个多少钱？"
　　师傅说："小姐，您是要看姻缘的，还是要看前程？"
　　三人大惊，抬头才发现店头牌子：无上菩提。
　　巧巧不假思索："看姻缘的。"
　　师傅说："看小姐面目善良、美丽温和，会一世圆满的。"
　　然后指着一只陶罐，说："这个尚可。"

　　…………
　　一路上，巧巧端着陶罐，爱不释手。
　　徐春笑着说："一只夜壶有什么好看的。"
　　巧巧掐住徐春的肩膀，歪着脑袋："我要把你收纳在里面，看你往哪里逃。"

6

午饭时，老刺猬来电话，我按了免提："我在北京，初音未来要在北京开演，要不要来？"巧巧一听是那个绿色头发的二次元，浑身激动。

徐春把车子寄放在景德镇，三人改坐火车，一路笑到北京城。

第三天晚上，老刺猬带着大伙儿去看演唱会，大家边看边跳边喊，像一群疯子。

演唱会结束，老刺猬说附近有个居酒屋，一起去喝酒。

喝酒时，我问老刺猬怎么一个人跑到北京来。他说到云南逛了一圈，听说初音未来在北京演唱就来了，顺便到帝都撒泡尿。我问闫丽有没有消息，他摇头。

他说看见闫丽发朋友圈，地标显示北京，可就是不接电话。

我说："大概也是来寻找灵魂了吧。"

老刺猬说："她也喜欢初音未来，我相信她来了，可是人山人海，就是看不见。"

巧巧说："等风景看透了，她就回去陪你看细水长流了。"

大家举杯，庆祝帝都一聚。

7

徐春说："老刺猬，你变了，不像以前……"

老刺猬怔怔地说："人若被逼急了，什么都做得出来。"

大伙儿愣住，看着他。

老刺猬说："可是，闫丽出的这道题太难了。"

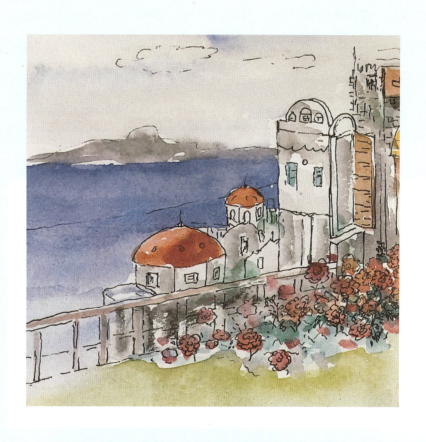

巧巧举杯，为老刺猬打抱不平："你为她翻山越岭，自己却无心看风景。她倒好，坐着火车到处跑。"听到火车，我一个激灵，对老刺猬说："我在你画廊柜台上，看到一封信。"

老刺猬疑惑："什么信？"

我把信的内容告诉老刺猬，他说："她又去了。"

我一愣，问："闫丽回过画廊？"

老刺猬点点头。

8

第二天，徐春和巧巧继续游玩，我和老刺猬坐火车回岛上。临走前，巧巧把那只陶罐送给老刺猬，她说："听说这个罐，可以收纳有缘人，祝你好运。"

回来后，老刺猬在画廊请我吃饭，他开了一瓶 XO，两个人对饮。

我看着闫丽的人体画，说："你真的爱她？"

老刺猬也看着人体画，眼泪打转：

"她曾对我说，哪天没钱就把它卖了。她知道我没钱了，就把自己挂到展厅来。"

我和他干杯，老刺猬说："有人出过高价，可我不会卖它。"

老刺猬把陆巧巧的罐子放在柜台上。看着闫丽朦胧的微笑，我仿佛看见了一个美丽的云南姑娘，坐在柜台边写字：

去什么地方呢？这么晚了，

美丽的火车，孤独的火车？

凄苦是你汽笛的声音，

令人记起了很多事情……

我回过神，和老刺猬举杯对饮。

老刺猬喝完，说："巧巧说得对，等她风景看透了，就回来看细水长流了。"

…………

老刺猬又开了一瓶酒。

我喝酒，他抽烟。

我抽烟，他喝酒。

两个人不知不觉，又喝了一整夜。

我只要一个对的人

芋头站在阳台上，双眼凝视月空，她笑着说，如果你喜欢的人不喜欢你，就算整个岛屿的人都喜欢你，你也是孤独的，是不是？

1

经常遇到这种事，手机打到一半没电了，坐公车刚好没零钱，钥匙被反锁在房间里，密码试了半天还是不对……像这种糗事你没遇到过几回，生活都没有色彩。

有次等夜班车，有个女生问我借一块钱，我眼神迟疑。

她说："我不是讹你，真的刚好没零钱，我可以微信转给你。"

我继续盯着她，姑娘说："真的。"

我摸出仅剩的一张百元钞，说："是不是你掉的？"她摇头，我说："不是你掉的？这大街上一个人影都没了，反正是找不到失主了，要不咱拿这钱我请你吃夜宵换零的？"

姑娘扑哧一笑，公车来了。

我正要跳上车，姑娘一个闪身先上了，司机大喊："美女，投币呀！"

姑娘紧张地看着我，我一着急脱口而出："司机，我俩是一起的。"

然后拿着百元钞朝师傅晃一晃："师傅，我没零钱了。"

师傅一阵摇头。

2

后来她加入了我们的队伍，她叫雨果，我们喊她芋头。后来她经常参与我们的一些活动，比如打牌、喝酒、K 歌等，但她性格安静，喜欢一个人在边上看热闹，我对她说："芋头，你如果不喜欢，以后就不要来。"她说："没关系啦，虽然你们都很疯狂，但都是好人。"

然后继续说："除了你。"

我愣着眼，笑："虽然我现在不那么好，但我过去也是个好人。"

然后我附着她的耳朵说："我会像以前一样，好到让你爱死我。"

芋头捶了我一拳，哈哈笑。

那天晚上，大家一起在唱歌。九点五朵递给她麦克风，她摇头，九点五朵说："我陪你唱，你会唱什么歌？"她摇头。

九点五朵说："有一首歌，你一定会。"

芋头疑惑地问："哪一首？"

九点五朵说："国歌。"

芋头一口水喷了出来。

我们的故事就像一本书

每一个词语都是一个音符

每一个篇目都是一段记忆

每一个情节都是一站风景

我希望四季都写满你的样子

虽然我们不能一起看完最后的风景

但曾经在一起

也是十分美好的

3

有一次大伙儿喝酒，老刺猬和燕子摇骰子，燕子输了一排喝不下去。老刺猬骂她无赖，燕子发疯起来，拿了杯酒朝老刺猬下身浇下去，说：

"老刺猬，我还不知道你老动骰子，想喝是吗？好，他妈的我全喝了。"

燕子一口气三杯。

芋头看得目瞪口呆。

燕子喝到第五杯，一口酒喷了出来。

芋头赶紧扶住她，说："我喝！"

老刺猬一愣，傻眼了。

大伙儿齐刷刷全傻了。

那天晚上，芋头一杯一杯不停地喝。

那天晚上，芋头第一次摇骰子，一次一次地赢，老刺猬输得嗷嗷叫。

那天晚上，芋头第一次唱歌，一首一首地唱，声如天籁。

这是我们的芋头，英勇的芋头，酷毙的芋头，敢于两肋插刀的芋头。

芋头大醉，我送她回家。

下楼时，她喊了我一声："其实我以前也是个坏人。"

我哈哈笑，说："那我们同流合污吧。"

深夜的长街，秋风一路飘过，像深巷里传来的酒香。

4

渐渐混熟后，芋头偶尔会帮大家煮泡面。有次大伙儿玩牌，她一晚上负责倒水、记分数，不亦乐乎。那天我牌运特差，玩到最后一把，老刺猬赢太多，觉得不好意思，说："之前的都不算，最后一把定乾坤，谁输了谁请吃夜宵。"

分完牌后我一看，一条龙断了 6，我万念俱灰。

我正要出牌，芋头突然拉了拉我衣角，从桌底下塞了一张牌给我。

我瞟了一眼，6 耶。

我的内心激动得差点掉眼泪。

5

打完牌大家一起喝酒。芋头买了瓶可乐，说："今晚我喝饮料吧。"我大笑："大姨找你了？"芋头白我一眼："嘘，小声点。我是怕等会儿你们又一个个醉了，谁来替你收摊啊！"我一阵感动。

到后半夜，大伙儿喝得东倒西歪。我一个人在阳台上看月亮发呆。芋头跟出来，递了一个苹果给我："吃水果，别想太多了。"

我说："你知道我在想什么？"

芋头说："在想过去的事呗。"

她拿着我的一本书，指着一篇："写给别人的？"

我说："昨天是写给别人的，今天是写给自己的。"

芋头站在阳台上，双眼凝视月空，神情美丽。她笑着说：

"如果你喜欢的人不喜欢你，就算整个岛屿的人都喜欢你，你也是孤独的，是不是？"

我说："芋头，你会不会喜欢我？"

芋头剜了我一眼，说："你是坏人。"

然后转身进客厅。

6

我坐在阳台上眯过去，蒙眬中感觉有个人在旁边，睁眼一看是芋头，她在掉眼泪。我说："芋头你哭什么？"

她说："其实我知道你内心很孤独，我可以帮你收拾房间，可以陪你喝酒唱歌，可我们的故事太相像，一个孤独的人去接受另一个孤独的人，只会更孤独。而且我很笨，我终究不是别人，代替不了别人，你总有一天会离开我。可我相信有一天你不会再这么坏。"

然后站起来，笑着说："我相信你会有好运气的，像桃花一样的运气，会遇上一个像桃花一样漂亮的人，一个对的人。"然后说："很晚了，我得回去了。"

然后转身走了。

第二天晚上，我整理书架时，发现那本书里的那篇文章，被折起来。我打开再看一遍自己写的文字：

我们的故事就像一本书，每一个词语都是一个音符，每一个篇目都是一段记忆，每一个情节都是一站风景。我希望春天鲜花盛开，我希望夏天河流清凉，我希望秋天云卷云舒，我希望冬天霓虹温暖，我希望四季都写满你的样子，虽然我们不能一起看完最后的风景，但曾经在一起，也是十分美好的。

我抬起头，月如明镜，倒映过去一切的影子。

听说如果你想念一个人，你只要对着月亮，你的想念就会倒映在月里，飘到她的窗前，就算那个人已经入睡了，她的心里也是会有所感知的。

人生聚聚散散，花落花开，每个人心里，都有一片月光。

7

后来我的生活出了状况，回到泉城休息了一段时间。大家有空就去看我，九点五朵说："你房子里的烟酒茶叶，我都提走了，我怕过期了，你老是用过期的东西不好。"

我想笑却没力气笑出来。大伙儿走后，我一个人在床上哭了很久。

8

我慢慢好起来后，去了北部，到过老刺猬去的洱海。在洱海的一个夜里，九点五朵打电话给我，说芋头找他拿我租房的钥匙，要去整理我的屋子。

在北部时我看到两个芋头的未接电话，我要回给她时，手机没电了。再后来，她发了一条信息说要结婚了，希望大伙儿去参加她的婚礼。

看到信息，我回电话过去，关机了。

后来，我回到岛上后，去她的住处找她，房东告诉我她已经搬走了，我站在门口愣了好久，再打了一个电话给她，信号不在服务区。

回来后，在整理东西时，我又看到那本没有寄出去的书，打开再看了看，里面夹了一张牌：红桃 6。我的眼泪掉下来。

你喜不喜欢我？你不喜欢我，也没关系。

但我相信你会有好运气的，像桃花一样的运气，会遇上一个像桃花一样漂亮的人，一个对的人。

我对你的爱，不仅仅只是一个动词

有些记忆，无论时间已经过去了多久，就像一个搬离的屋子，依然记得那个小区的名字和门牌号，有一天路过的时候，会停下脚步看一眼。

上初中时，语文老师在台上说，写作文要有血有肉。啥叫作有血有肉，是不是写作文就要流点血割点肉呢？这个答案直到念高中的时候才慢慢解开。

那时候，有次月考作文题目是"爱"，体裁不限，题目自拟，最喜欢这种可以天南海北的作文了，我记得当时文中有个情节：

读小学时邻居有个老爷爷，他很疼我。可因为他跛脚，所以我不喜欢他。

有一天我妈说她要加班不能来接我回家，放学后老爷爷会去门口接我。那天放学后下着大雨，我远远看见老爷爷打着伞，斜着身在校门口。我偷偷从学校的后门冒雨跑回家了。

后来我妈狠狠骂了我一顿，说，你怎么能这样，让老爷爷在门口一直等，老爷爷被雨淋了一身不好，还摔倒了，我一听眼泪流出来。

当时老师把它当范文，念完后他点评，简宽同学的文章写得有血有肉。我一听顿时热血沸腾，当时除此感受，别无其他。后来故事越写越多，慢慢知道"有血有肉"的意思，就是让人整个身体的血都沸腾起来的那种感觉。

后来发现，再缠绵的故事也有终结，再动情的电影也会谢幕，再冷的夜空也有一颗星星看着你。生活每天在继续，什么有血有肉并不重要，我只知道为什么醉过无数次后的自己，依旧清醒。

曾经也许是这样，不论是血管起伏，还是潮涨潮汐，我都坚强地靠近你的方向。

因为认识你的时候，我刚好足够坚强，你恰恰是陪我坐到最后一站的那个人。后来和你在一起，你总是问我在想什么，我不知道哇，所以只能笑着向你摇摇头。

再后来我以为，你总是坐在咖啡屋的窗前看着那片海，而我总是忘记了你坐着等了多久，你的眼里波光闪烁。世界就像一座岛屿，慢慢被时间的风腐蚀，最后变成一片沙海。

海到底有多宽，世界到底有多大，路到底有多长，是不是每个人都带着忧伤的痕迹在走路。

每个人开始的时候，都迫不及待地靠近那个人，可在一起久了，就忘记了曾经的方式。原来爱一个人很容易，可要坚持不变

地去爱一个人，真的不容易。

　　最后我唯一能做的是，收藏那些我们一起走过的风景，对自己说，继续上路吧。

　　这一次，得控制好节奏，走太快了，花未开。走得太慢，花期会过……

　　我会记得你喜欢吃的薯片，记得你坐着公车漫无目的到达终点，记得你踩过的沙滩，回望自己脚印的微笑。我希望你等的公车，刚好有空余的座位，我希望你迷路的时候，前方刚好有车可以跟随……

　　我所记得的你的喜欢，以及我的

希望，琐碎零散，每一个喜欢和希望，都隐含在各自的影子里。

曾经那么多的记忆，只留我一个人保管不要紧。

只要我们想起那些逝去的日子，依然能感觉到全身热血沸腾就好。

无论时间过去了多久，就像搬离一个屋子，依然记得那个小区的名字和门牌号，有一天我路过的时候，会停下脚步看一眼，虽然已经回不去了。

我们分开吧。不管以后你是否还能记得我，但我会记得你。

因为我对你的爱，不仅仅只是一个动词。

只要我站在门口回想你的时候，冲出来的大黄狗，拴着铁链就好。

祝你幸福。

有趣的灵魂太少，你会遇到的

胡小伟说，送快递怎么了？我觉得挺有趣的，每家每户都会为我开门，迎接我，虽然没有一扇门是属于我的，但我很快乐。

胡小伟当年租住在我隔壁，白天跑快递晚上搓麻将，两个人经常三缺一，彼此都是最佳替补，作为邻居我很乐意和他在一起。后来我搬到莲花，有段时间没联系了。

一天我在一家饮品店遇到他，他喝着果汁说："你那房子租给一对小情侣，周末才回来住，夜晚经常传来啪啪声，我实在受不了，拍了几下墙壁，声音停下，没一会儿又叫起来，我就再拍几下，一晚上像在拍电影。"

然后说："有天早上，我门上被贴了一张字条，你知道是什么吗？"

我摇头，胡小伟说："她居然留字条警告我。"

我一阵笑晕。

又过了些日子，胡小伟送快递来，进门后慌慌张张："早上我去给她送快递，把快递丢给她转身就跑了，可她却把我喊住……"一听到"喊住"，我兴奋起来。

胡小伟说："她说还没给钱呢，跑啥呀？"

门外阳光明媚，胡小伟一脸暗淡，他说："我转身上楼梯时，她突然叫了一声'小伟'，把我叫蒙了。"我吓了一跳，胡小伟说："她，居然是我初中的同学，林小翠。"

引用胡小伟说的，人生总会有一次巧合，结果是无数次的巧合。

林小翠在网上买衣服，结果送快递的是胡小伟，结果胡小伟转身的时候，林小翠把他叫住，结果胡小伟遇到了十年后的林小翠。

胡小伟问："你是怎么认出我的？"

林小翠说："你下巴的那道伤痕。"

胡小伟摸摸下巴的伤痕，眼睛一闪一闪的。青春是一道遗落的伤痕，偶尔触摸的时候，依然很疼痛。

初二时，林小翠是胡小伟的前桌，他们坐在靠窗一排。

有次晚自习时，来了几个混混儿，趴在窗前调戏林小翠，伸手拉林小翠的头发，林小翠吓得呜呜大哭。胡小伟看不过去，拿着铅笔扎混混儿的手，混混儿气急败坏，拽起窗钩子就朝胡小伟的脸上刺过去，胡小伟的下巴被刺穿，血流满面。班里的同学赶紧叫老师，老师赶紧把胡小伟送医院。后来那几个混混儿都进了派出所。

从那以后，林小翠每天早上，都会从食堂给胡小伟带一颗茶叶蛋，悄悄放在抽屉里。

从那以后，长满直芒草的操场，常常闪现着他们两个人的影子。

初中毕业后，胡小伟上了县城中学，林小翠出去打工，两个人十年没联系。

　　胡小伟高中毕业后，考上师专线，按照胡小伟的说法，他的成绩起码能上重点线，可惜发挥不好。后来复读，读了一半读不下去，一个人出来混，从深圳混到广州，从广州混到上海，混了七年，引用胡小伟的话，这辈子干过许多事，最后都是蹉跎事。

　　最后从白天跑快递到晚上斗地主，再到与我相识，再到遇见林小翠，整整十年。

　　十年的记忆，如同一座迷幻的岛屿，最后都被岁月印染成画卷。

　　林小翠问："你怎么去跑快递了？"

　　胡小伟说："挺好的。"

　　林小翠再问："小伟，你快乐吗？"

　　胡小伟笑着说："我觉得挺有趣的，每家每户都会为我开门，迎接我，虽然没有一扇门是属于我的，但我很快乐。"

　　那天中午，林小翠下厨。

　　席间，胡小伟问："你现在过得怎么样？"

　　林小翠说："前些日子和他离婚了，他留下了一笔钱，做点小买卖吧。"

　　然后接着说："以前他老骂我是不下蛋的母鸡，去他娘的，结果医生说是他的问题。"

　　林小翠说完，仰头大笑。

　　胡小伟跌进沙发里，对我说："我一听她那笑声，心里难受得想抓条面线上吊。"

胡小伟一脸黯淡。

后来，胡小伟把林小翠介绍给大伙儿认识。林小翠以前在一家酒吧当歌手，天生一副好嗓子。张西西后来把她拉到酒吧去。有一次我去张西西的酒吧，看见林小翠一个人握着麦克风，十分优雅。一曲唱完，林小翠过来坐在我对面，拿起一杯啤酒，一饮而尽。我问："胡小伟呢？"她继续喝酒，我说："还在跑快递吧！"

林小翠骂："大半夜跑他的狗头。"

她举杯和我干掉，说："祝我生日快乐。"

我愣了一下，问："今天你生日？"

林小翠告诉我，昨天晚上胡小伟去她那儿蹭饭，两个人喝了一晚上，胡小伟从他小时候讲到如何成为一个快递员的故事，讲到初中两个人躺在草坪上仰望星空时，哈哈大笑，讲到在云南做生意被人骗得身无分文时，号啕大哭，最后躺在沙发上呼呼睡去。林小翠说："今天我出门时，他还在睡觉，我给他留了字条，今晚在酒吧等他。"

林小翠说："他没来。"

我严肃地放下酒杯："这就是他的不对了。"

林小翠放下酒杯："昨晚他在梦里说他喜欢我，说完继续呼呼大睡。"

林小翠说："我知道他这些年不容易。"

说完一串眼泪下来，然后说："昨晚下半夜我听到客厅一阵撕心裂肺的哭声，过去一看，他一个人裹着被子在哭，我喊他，他没反应，我知道他很伤心。"

我假装随口一问："你不会是喜欢他吧？"

林小翠缓缓地点头。

窗外的月亮跌入海平面，像一个巨大的救生圈。

林小翠放下杯子，向我摆摆手，走向舞台。

她拿起麦克风，缓缓地唱起《等一个晴天》：

漂流岛

你说了　风吹我就听见

笑着说再见　就一定会再见

心晴朗　就看得到永远……

在林小翠的歌声里，我仿佛看见她和胡小伟再相见的一幕。

林小翠："你怎么去跑快递了？"

胡小伟："挺好的。"

林小翠："小伟，你快乐吗？"

胡小伟："我觉得挺有趣的，每家每户都会为我开门，迎接我，虽然没有一扇门是属于我的，但我很快乐。"

林小翠说："我知道他过得很无趣。"

我说："有趣的灵魂太少，会遇到的。"

林小翠点点头。

又过了大半月，胡小伟送快递来，我问他最近怎么样，他说："我想去云南。"我说："好哇，那里的姑娘都漂亮。"他白了我一眼。

我问："林小翠呢？"

他说："我喜欢她，可是……"

我说："可是她离过婚，是不是？"

胡小伟默在沙发上。好久，他说："给我点时间。"

有些故事，你不一定要记住它，毕竟有些故事是用来忘记的。

秋天的午后，我在网上订一套书，大半月不见货。我想起胡小伟，打电话给他，他说马上帮忙查一下。不一会儿他回电话："是快递员搞丢了。"我问他最近过得怎么样。

他说："凑合吧。"然后说去了云南一段时间，接下去准备翻座山，去泰国看人妖。我大笑，话筒里突然听到另一个声音："小伟，你不是说蛋清可以保养头发吗？你看你看……"

胡小伟喊道："你的水太烫了吧，头发都挂蛋花了……"

我哈哈大笑。

胡小伟告诉我："是小翠。"

站在窗前的阳光里，我仿佛看见一个快递员，踩着三轮车快速消失在街尾。回到沙发上坐下，又像是听见了一阵敲门声。

我开门，一个快递员站在门前："你叫简宽，是不是？"

秋天的风，寂寞无声，像一只口渴的耳朵，聆听着过往的情话。

回忆

希望再相遇时，
依旧是惊讶

茫茫人海中，
借你的酒杯几分钟，
听一段我的心事。

相见只有两种模样，要么惊讶，要么惊吓

这个世界有许多东西，你太用力就容易失去，失去你就怀疑人家没诚意，没诚意你就骂人家是逢场作戏。

你有过这种感觉吗？突然见到那个人的时候，全身细胞复活，心情像花儿一样开放。

前阵子有个朋友跟我说，以前每次见到那个人，内心就兴奋得受不了。几天后再见到她，她又说，现在见到他就惊慌失措，丢魂似的害怕。我说你这一惊一乍地像在拍电影，当演员一定是个好戏骨，她没说话，神情沮丧。

这个世界上有很多东西，都不可太用力，比如你太用力去想一个人，就会失眠做梦长痘痘，你太用力去恨一个人，就会脑子进水失去理性内分泌失调。所以呢，别太跟自己过不去。朱哥的人生训条是什么？他说，你们都叫我猪脑子，做猪有什么不好呢？你们看看，我每天活得像猪一样，你喜欢我，我就喜欢你，你不喜欢我，我呼呼睡去。

所以呀，做一只快乐的猪，也挺好。

我住处的那条巷口有个猪肉铺，杀猪的有个女儿，人长得漂

亮。我有个哥们儿经常去那儿买猪肉，后来喜欢上人家，就天天去买肉，每次姑娘就对他笑，她一笑哥们儿就激动，一激动就整排子肉买下，大伙儿那个高兴啊，终于有肉吃了。

几个月下来，都买回一头猪了，可那姑娘就是不来电。后来他一恼火，跑到铺前跟她说，明天给我留十斤精肉，帮我剁碎，我要包饺子。姑娘很开心，说，好咧。

第二天哥们儿呼呼大睡，姑娘左等右等，等到太阳下山了，等不到他去提肉。

此后几天，哥们儿不敢从那儿经过。

后来有一次，他在巷口遇到了那姑娘，姑娘提着杀猪刀，站在他面前，他一看撒腿就跑，跑了一段路回头，人家没追上来呀！然后往前一看，那姑娘站在前面，他吓得脸都绿了。姑娘先开口，问：你为什么骗我？

他：为什么不理我？

姑娘：我刚要理你，你就骗我。

他：那我还你钱。

姑娘：我要肉。

说着晃了晃手里的杀猪刀，哥们儿差点跪下喊亲娘。

后来呢，赔钱呗。

可是人家姑娘要的不是钱，是你的真实。

哥们儿后来总结，相见只有两种模样，要么惊讶，要么惊吓。

所以说，一切都不可太用力，你太用力就容易失去，失去你还怀疑人家没诚意，没诚意你就骂人家是逢场作戏。

所以说，如果尚有余力，就留点余地。

我这样讲给她听，她依旧不开心，酒杯不停地摇晃，好像在摇动所有的心事。

她说一年前遇见那个男的，好像从谷底翻越到山顶，看到人生的风景，每当他出现在面前，就全身血管复活。可是好景不长，后来那男的父母找到她，才知道他是逃婚出来的。她说，他父母说给我两百万，让我离开他。

我说，那你要了没？

她说，没。

我说，你傻呀，两百万哪，你觉得他值两百万吗？

她说，有些东西跟价钱没关系。

后来很长时间，那个男的没去找他。接近万念俱灰的时刻，那男的又突然出现了，见或不见她犹豫了半天。我说，那你见了吗？

她说，见了，但被他父母逮住了。

讲到这儿，她仍然惊魂未定，问我怎么办。

这个世界上像这样的事，其实不算什么特例，可就是让人十分不爽，爱有错吗？你说没错。你有经历过吗？大多数人回答，没有。

可是你问我怎么办，我说要不作鸟兽散，你又心有不甘，可又不忍收摊。

后来再和她见面时，是在两个月后。

她跟我说，那男的最后还是回去了，说父母之命大于天，难以不从。然后端着酒杯，愤愤地说，原来他就是个胆小鬼，原来他只是逢场作戏罢了。最后说："你说的对，凡事不可太用力。"

我大笑，说："只可惜了两百万。"

她笑了一下，喝一口酒，说："我想去南海走一走，顺便给自己卜一卦，听说那边挺准的。"

我说，祝你好运！

如果过去一切已惘然，那没有关系，希望你与爱情再相遇时，依旧是惊讶。

让那些惊吓，都留给胆——小——鬼。

标签化结局

9月的岛上气温正在慢慢变凉，夕阳穿过窗台脆弱得像一片片落叶，温柔被残酷蹂躏，飘落即是黄昏，从窗台一路拉长，成为一年里最伤感的季节。

生活中有一种人，习惯给人脸上贴标签。

我的大学室友朱迪，一个周末来敲我的门，我看见他时脸上贴着各种标签，我问他，是不是改品种不做人了？朱迪一脸沮丧，脸上的眼泪和委屈在一张张的标签里慢慢被淹没。

9月的岛上气温正在慢慢变凉，夕阳穿过窗台，脆弱得像一片片落叶，温柔被残酷蹂躏，飘落即是黄昏，从窗台一路拉长，成为一年里最伤感的季节。

我来岛上的第三年，朱迪从武夷山来到岛上。朱迪有个女朋友叫小雪，职业是心灵导师，两个人出身背景相差很大，小雪从小过得像公主，朱迪从小辛苦，一路靠自己。所以两个人的生活观念差距悬殊。小雪喜欢外出旅行，朱迪说花钱遭罪不如呼呼大睡。小雪说去看电影，朱迪说过阵子优酷就能搜索到。小雪说大海真美丽，朱迪说那里不知淹死多少人……两个人每天过得有笑有泪，不亦乐乎。

这次两个人因为一台电视机发生争吵，小雪要看片子，发现电视坏了，打电话给朱迪说扔了换台新的，可那台电视是朱迪曾经省吃俭用三个月才买回来的，朱迪舍不得，建议小雪上网看片子。两个人因为这事有点小摩擦，就扔盘子练飞碟。后来小雪主动和好："我们好好过日子吧，这盘子挺贵的。"朱迪说："好。"

然后，小雪拿出一摞心灵书籍，郑重地说："不过从今天开始，你得接受我的话疗，我觉得你得了严重的愁贫压迫症。"朱迪说："好。"

第一周，朱迪认真听讲，小雪把问题贴在墙上。

第二周，朱迪边听边吃零食，小雪把结论写在纸上。

第三周，朱迪边听边打瞌睡，小雪把问题贴在朱迪脸上。

…………

朱迪瘫在沙发上，抬着鼻孔说："我原以为她是在开玩笑的，没想却叫我贴一天不准撕下来，说二十四小时药效更佳。"朱迪说完从沙发上跳起来，嘿嘿冷笑："去你大爷的，老子不是机器猫，别往我身上投圈圈，去你大爷的愁贫压迫症，老子再穷也不会去卖肾……"

呜呼，朱迪脑子一个晕乎，倒在沙发上。

朱迪醒来后，鼻孔插着氧气管，头歪向一边，怎么也转不过来。

医生说，偏瘫了。

大家一听，不敢相信，我抓住医生的衣领，吼道："你不是神医吗？你检查清楚了吗？好端端一个人，怎么瘫了？"医生拨开我的手，说："脑充血。"

然后说："年轻人，心火别太旺，容易患病。"

你个狗东西，你才患病。

朱迪躺在床上胡言自语："我不是机器猫，别往我身上投圈圈……"我说："朱迪，你快快好起来，我们炸金花去。"朱迪嘿嘿一笑，眼泪顺着脸颊流下来。

我们都希望，在内心还未崩坏的地方，一起陪你度过每个阴天，陪你度过春夏之间。

可生活总是有那么多的残酷，让我们一点都酷不起来。

一年后，朱迪死于脑血栓。

一开始他只是肢体活动不灵活，感觉迟钝、失语，后来慢慢严重起来，最后一度昏迷，直到生命停止呼吸。

世界广大

我们就这样漂哇漂

不停地寻找可以停靠的心岛

每个人都在自己的江湖里

龟有龟法，鳖有鳖道，每个人都有自己的江湖伎俩。王八对绿豆，乌龟对铁锤，好马对好鞍，而你只配最好的自己。

每个人都有自己的江湖，然后以不同的伎俩混迹江湖。

第一种叫老虎个性。这种人不大受周围人影响，决断力超高，企图心明显，喜欢冒险。

比如我大学不同班的同学林文，毕业后改行当律师，牛吧，一个搞艺术的去搞法律。混了几年自己拉了一帮人开律师事务所，擅长处理小三插足案。

有一次去找他喝茶，他刚好在开会，我听到他语气十足霸道，分贝穿透水泥墙，二十分钟内重复出现的词汇有，"就这样"十三次，"不行"六次，"搞"和"查"各五次，最后是"为我们成为新时代最好的律师事务所而奋斗"，喊口号呢。

会后他开车载我去吃饭，回来时门口保安把他拦下收物业停车费，他二话没说下车直接把栏杆一脚踢断，理由是物业收取停车费不合法。回到办公室后他像没发生过似的，天南海北地聊天，镇定吧。

第二种叫孔雀个性。只要有机会就极度表现，就像你遇到做保险或办信用卡的，稍认真听就被他绕进去了。

此种人一般口才极好，好交朋友，表现欲极强，每天像打鸡血一样兴奋。他还善于搞周围关系，建立同盟，不过这些都是为了实现他的目标。

比如你一跟他扯上，他就十分热情，很快抓住你的话缝，你的兴趣爱好，投你所好，常常选择话缝中最好的时机插入主题，然后开始他的三步曲：

第一步是举牌，自我形象营销，比如他的做人哪，优点哪，原则呀，目的是让你迅速了解他。

第二步是出牌，想做什么要做什么在这里就抛出来了。

第三步收牌，成也萧何败也萧何。此等人的天敌是老虎个性的，因为爱显山露水，所以在老虎个性的人面前会咋样呢？你懂的。

第三种叫考拉型个性。我有个做设计的朋友，人敦厚老实，非常有耐力。有一次我找他设计一张名片，他问我怎么做，我说名片就那几个零件，你爱咋做就咋做，他磨了一个小时，完后打印给我看，一脸骄傲："怎样，够水平吧，我觉得这是我设计的最漂亮的一张名片，简直超常发挥。"我看了看，说："名字的位置能不能别那么显眼？"

他说："好。"我说："地址的颜色能不能换一个？"……我说换，他说好，我说好，他也说好，最后我成了名片设计总监，晕了，我要你设计干吗？

第四种叫变色龙个性。亲身经历，刚毕业时在一个杂志社做主版，遇到一个吐血的主任，他最常挂在嘴边的一句话是"这个

事我只跟你说"，结果对无数人说。后来杂志社的一个副手转正手，人家还不是一把手的时候，主任说尽他的不是，人家转正后主任差点叫爹。有次人事调整做背调，他找我了解一个女同事，我说，工作态度不错，就是裙子太短不利社会稳定。结果他跟那个女同事原话照说了，那个女同事至今还生我的气。

不过他也有极其优秀的一面，就是善于整合内外资源，搞好对自己有利的人，所以他在上层里吃得开，只是苦了下属，大家说话做事都长了心眼儿，生怕哪天被卖了还帮他数钱。

以前我属于第一种个性，老虎。2013 年我和大伙儿去签一个项目，签约前大伙儿又提了些建议，我说没什么好改的，签。结果大家都听我的，合同签后的第二个月项目无法实现，白白亏了一笔违约金，大伙儿陪我吃了三个月泡面。

龟有龟法，鳖有鳖道，每个人都有自己的江湖伎俩。所以说，这个世界就是这样子，王八对绿豆，乌龟对铁锤，好马对好鞍，而你只配最好的自己。

综合老虎、孔雀、考拉、变色龙的特质，每个人在各自的江湖里，就像八仙过海一样，你有你的套路，我有我的步数，各自繁华，各自相忘于江湖。

但套路千万别太深，容易失真是一回事，一辈子不长，把自己搞丢了，那不好。

烟花

这个世界许多东西，就像一场烟花。我很喜欢闽北的老家，那里有一处儿时的老房子，有一条小溪，青山悠悠，春去花还在。

木之喜欢坐火车，有段时间大都在火车上度过，可她在日记本的扉页上，却写着一句话："溪水一旁，住两间房。"

木之不喜欢喝酒，却喜欢看大伙儿喝酒。有一次她约大伙儿喝酒，自己却坐在一边看星星。木之看着水杯，说："相思黄叶落，白露湿青苔。"这就是木之的性格，外表坚硬，内心柔软。

每一个内心平静的人，其实都有自己的山和水。

2016 年秋天我去黄山，回来时刚好有一趟高铁，坐高铁和坐飞机的区别是飞机上不能玩手机，而高铁可以玩手机。那天在站台等车时，一个女生双脚踩着黄线打电话，被警察吼了一嗓子，她吓了一跳，攥紧手机："吼什么吼，秃驴。"

警察说："你不想活了是吧？"

女生怒应："我想活，我要活到一百岁，你肯定死在我前面。"

周围人大笑。

上车后我刚好和她坐同排，我靠窗她居中，她凑过来："唉，跟你商量下，换个位置好不好？"我抬头："凭什么？"

她死皮赖脸，用手指捅了下我的腰，我浑身一个激灵，喊："你不要乱来。"

她笑着说："你不跟我换，我就一直痒你。"

最后我在一桶康师傅的引诱下折腰了。

她坐下来就玩手机，我闭眼睡觉。

隐约中我闻到一股油香味，猛然醒过来，她望着我："你的泡面，我帮你泡了。"

我刚一阵感动，她又说："我吃了一口，还可以。"

我手一抖，一桶泡面差点掉到地上，她扶住："开玩笑的啦。"

我咻咻咻地吃面，她在一旁嘻嘻地笑："你吃面的声音，跟你呼噜声一样大。"

我问："我打呼噜了吗？"

她说："整节车厢都听到了。"

我回头一看，大家都在看我，尴尬死了。

吃完后，她又凑过来："我叫木之，喜欢坐火车，别人叫我过山车，因为每次坐火车我都喜欢靠窗坐，看窗外的山山水水从眼前过去，它们是过山的风景，你留不住，又很撩人心，那种感觉特别好，不过也特别不好。"

我问："为啥这么说？"

她说："世间好物不坚牢，彩云易散琉璃脆。"

然后问："你有什么办法？"

我说："有，拍照。"

她笑着说："那也只是形骸罢了，不是吗？"

木之回到岛上后，住在她母亲的小宅院里。后来她和我们渐渐熟络，偶尔会下厨请大伙儿去吃饭喝酒。那天晚上，她坐在院子里，望着星空和我说了许多话。

我第一次坐火车是在高三，那年我辍学，一个人去了江西，听说那边的油菜花很好看，我想去看看。

我是单亲家庭，母亲吼不住我，我喜欢东奔西跑，可她希望我能稳定。我也想啊，可双脚停不下来呀！嘻嘻！我每天像只无忧无虑的麻雀，四处乱找，最好能有一场风花雪月的相遇，很美好。

那时候，他曾对我说，明明都是裸身而来，偏偏东寻西找，究竟是丢了什么？我说，光阴易逝，诗酒趁年华。

可我不爱喝酒，喜欢看着他和大家在野外喝酒，我可以起火做饭，烤鱼、烧汤，给大家做下酒菜，我坐在一旁看大家饮酒，累了躺在草坪上和衣而眠。我觉得我有很强的乡居冲动，一座山野，一座木屋，两个人，种桃种李种春风。

他是我在景德镇认识的，后来我留在那儿有半年时间。当时他在一家陶艺厂做事，那时他在替老板娘招工。我带出来的钱花得差不多，想找个临时工混几块钱。结果他问我结婚了吗？我问他是招工还招婚？他说不是，他们招的是夫妻工。

我问为什么。他说，我们这儿都是流水线，两道工序一组，前一道工序经常影响下一道工序，招夫妻工他们就绑在一起，不会互相影响效率和质量，还会拼命干，我一听大笑。

我说我没钱了，想挣几个车马费。他说不嫌弃的话帮他做仓管员，一天十五块钱。我说好。后来我和他，还有他的死党，混得很熟。一个月后我说我要走了，他说不要走，我们一起做一道工序呀！就那样我留下来了。

想留而留不住，最后都是辜负。

后来他回黄山，应父母之命回去结婚，那是一场娃娃亲。我听后大笑。他说，她是他父母用三亩地换来的"妹妹"，他不能辜负父母。我说那我呢？

他没说话。那晚我第一次喝酒，第二天醒来时发现只有自己一个人，我知道他去了哪里，可还是在原地一直寻找。

木之说，那是一场悄无声息的爱念，仿佛一场烟花。

我问她："后悔吗？"她摇头，打开一个记满的日记本，扉页上写着："溪水一旁，住两间房。"

我问："你不是喜欢颠簸的火车吗？"

她说："现在每一天远离一些颠簸，生活就多一些真实。"

院子内大伙儿的猜拳声赛过杀猪声，一阵你死我活。

一个声音叫："满上！满上！满上！"

另一个声音叫："我干！我干！我干！"

木之望着大家，灿烂地笑。

星星跌落在她的杯子里，像一杯故乡的酒。

木之端着水杯，说："现在做什么都没力气，你有什么办法？"
我笑着说："用谈恋爱的力气做事，一定事半功倍。"
她哈哈笑起来。
我问："你还在想他？"她点点头。

你说人是不是奇怪？天天在你身边的东西，你一点感觉都没有，有一天离开了，你却心慌了。我每天早上对着镜子傻笑，一笑好久，我妈说我是神经病。

我说，是呀，自从得了神经病，整个人都精神了。

我回来的第二个月，寻着一个不清不楚的地址，一个人又神经兮兮地跑到黄山去找他，结果他的父母告诉我，他不在了。
我问，不在了，是什么意思？他们不说。
我说，是不是死了？他们不说，把门关上。
我被堵在门板外，憋了好久，眼泪才掉下来。

后来他家的邻居告诉我，他进去了。
我问，进去了，是什么意思？
他们说，就是被关进去了。
我问，被关进去了，是什么意思？
他们说，就是坐牢的意思。

我听完了，抬着头默默走开，一个人在马路边坐了很久，想象着他邻居告诉我的那些话，一定都是假的。

他回去后，没有结婚。有天晚上他喝酒回来，经过他"妹妹"的房间时，听见里面一阵声音，才知道她居然有另外的人，盛怒之下，他踢开门像拳打镇关西一样，把那个男的暴打一顿，结果把人家打废了，就进去了。

后来木之每个月去看他一次，每月坐上那趟火车。
后来我们在火车上相遇。
后来她回到岛上，静静期待着一场再相见。

秋夜的院子里，木之说了许多话，像说给我听，又像说给自己听。她看着杯子，说："如果等不来，那也没关系，心存一个闲梦，其他随了秋风。"然后微微笑。
我突然想起了，"溪水一旁，住两间房"，是老树的诗。
木之喜欢乡居，她说："这个世界许多东西，就像一场烟花。我很喜欢闽北的老家，那里有一个儿时的老房子，有一条小溪，青山悠悠，春去花还在。"
…………

我们都是有故事的人。
茫茫人海中，借你的酒杯几分钟，听一段我的心事。
未来那么短，总有一天，我们都会看见自己的风景，其他的都随了流年。

生活偶尔需要"善霸"的人

没有统计过身边有多少这样的"善霸"者，我只知道他们有时候也会形成一个巨大的阵容，占领旁听者的心智。但是后来想想，在生活中，他们偶尔也会给你带来意想不到的精彩。

有一次几个朋友吃饭，大家边吃边谈事，服务员上了招牌菜——地瓜粉团。我的助手热情地站起来帮朋友分在碗里，地瓜粉团里的米粉太长，助手用筷子高高夹起，还没弄进碗里，转盘就转过去了，一筷子米粉掉在桌上，助手笑嘻嘻指着朋友，说："你看，人如果不努力，就像这地瓜粉团一样——"

我一下子瞠目，助手继续："转盘一转就过去了，再好的菜也不会为你停留。"

一桌人无语。

在云南的时候，一帮驴友说要去茶马古道，可从景洪市区到目的地要三个多小时，某驴友提议说要不租辆车吧，大家纷纷掏钱，你二十我三十，刚好凑足车马费，司机是个小伙子，爆炸搞笑。刚坐上车，他就自我推销："我姓罗，罗马的罗，罗！罗！不是'骡'哦，听口音大叔们好像是南方一带的……"车上一阵笑晕。我等还没反应过来，他继续："不过做骡也挺好的，我们每天都在接送游客，也是骡啦……不过骡拉的是货，你们是人，尊贵的客人……"

一车人直摇头。

进入勐海地带，道路开始颠簸。

世间万象，他总是能信手拈来，借题发挥。一个急转弯处突然冲出了一辆摩托车，他吼一声："想死呀，赶去投胎也不要这样嘛！"车上又是一阵爆笑。他继续："大叔们，抓好扶手，接下去是连续拐弯，摇死人不偿命哦……"他像个不知疲倦的导航仪，一路时而歌唱时而介绍景点。

"大叔……"他刚开口，我就说："兄弟，别叫大叔好不好，我们有那么老吗？"

他大笑，说："老，老不好吗？老当益壮……"

一片无语。

"你们看，右边的那片田地。"

大伙儿看过去，没什么奇怪的呀！他自问自答："那叫勐遮，啥叫勐遮呢？勐遮就是以前上面当家的要来检查，这些丑的、不好看的就赶紧遮起来，不让当家的看到，所以叫勐遮……"

大伙儿哈哈大笑。

他然后问："好听吗？"

大伙儿点头。

他继续："好听的话，每个人再交十块钱，我一路给你们讲过去。"

大伙儿摇头。

他说："我是全版纳最优秀的导游＋司机啦，你们不会吃亏的啦，风景这么好，我们的路还有一大截，十块钱有什么关系呢，我们终会到达茶马古道。"碍于面子，我掏了十块钱给他，然后跟他说："头晕，想睡觉。"

他一路沉默到终点，整整三个小时。我不知道他会不会得抑郁症。

想起我以前的那个助手，好几次真的被气晕了，后来特别的场合尽量不带他。可有一次他真的把麻烦惹大了。一个周末我正在和一个台湾朋友谈事务，两个人喝咖啡，突然一只蚊子掉进杯里，他站了起来，不顾场合地大笑："你们看，你们看，一只可爱的蚊子跳咖自杀了……"

那一次真把我搞得尴尬死了，他活活被我骂了一顿。

不过生活中又真是需要这样的人。比如说两个小夫妻吵架，两个人都失去了理性，再吵下去估计都要抄家伙了，那次他刚好在场，引经据典、妙语连珠，足足把夫妻俩的话筒抢了近一个小时，最后女的打着哈欠："好了，你别说了，我们不吵就是了。"

她听得厌烦，可碍于我的面子，又不好打断他，听到打哈欠，实在受不了，作罢。

没有统计过身边有多少这样的"善霸"者，我只知道他们有时候也会形成一个巨大的阵容，占领旁听者心智。但后来想，在生活中，他们偶尔也会给你带来出其不意的精彩。

比如他们有时候比你更清楚新近在流行的歌曲，哪条街有什么好吃的，哪里好玩，等等，他们比任何人更关注生活的细节，市井诸事是他们茶余饭后的谈资。他们好比是一剂调味品，用得好也能做出美味的佳肴。

夏日风满，日光盛放，你们在哪儿呢……我知道了，都堵在苦恼的下班路上。

而我在武夷山壹街，几个死党打的士准备去吃饭，师傅从当地的桑拿服务到饮食服务，一路牛×吹到饭店门口，然后告诉我们这家的莲子炖蛋是全武夷山最牛×的，然后一脚油门走了，正要付车费的女生一阵大喊，哎、哎……车费、车费呀……

哈哈哈哈！大伙儿一阵泪喷。

这样的生活，我们无数次地走过，但依旧像一群傻瓜一样，哈哈大笑往前走。

第
六
辑

怀恋

许你一世
春暖花开

沿途千万个渡口，
总有一个属于你的出口……

漂流岛

——

　　茫茫人海，很多人就像漂流瓶一样，从你的身边漂过，而我刚好漂到你途经的岛屿。

1

　　我会在深夜醒来的时候，悄悄打开你的朋友圈。我会在打开音乐的时候，悄悄听你喜欢的歌曲。我会在某个下午悄悄想你，然后想象你也在想我。

　　茫茫人海，很多人就像漂流瓶一样，从你的身边漂过，而我刚好漂到你途经的岛屿。

2

　　"据说每个人一生会拥有二百五十位以上的朋友，但其中百分之八十对你毫无帮助，他们会分别出现在两种场合：一种是你的婚礼，还有一种可能是葬礼。但他们通常不会对你的人生有大的帮助。只有百分之二十的朋友，会给你带来影响，而这些人中的百分之五则可能会帮助到你，甚至可能改变你。"孙燕一边看着手机一边说。张西西靠在蔡大头的肩膀上，幸福得让人羡慕。

昼与夜相互交替，人和人别离相聚。

蔡大头回来后，酒吧又成了大伙儿聚集的落脚点。

时间淡忘了过去，海风飘着最初的气息，大伙因为都成为百分之五的人漂在一起，举杯畅饮。花菜说："十年前我们在泉城，几个人凑合一把零钱，买几瓶啤酒蹲在路边配烧烤，夜里的星星亮得让人寂寞，几个人喝酒吹牛，旁边的烧烤姑娘听得哈哈笑，十年后一个个漂到这个岛，相聚在一起……"

那些年，所有的牛×，从来都是天荒月老。

蔡大头大笑："哪来的星星……那是雨（鱼），好不？"他在雾气弥漫的玻璃窗上，画了一条鱼。鱼的背后一片窗，窗的背后一片雨，雨的背后一片海。

3

2014 年 12 月 25 日，深夜的大海，无声地叹息。

孙燕坐在窗前，喝酒，手机突然响起来，她接听了几句，然后手机"啪"的一声掉到地上，她一个人冲进门外的雨夜……对所有的百分之五，以及那个夜晚岛上所有相关的人来说，那是一个无法忘记的夜晚。那一夜里，有一辆途经云南勐海的小车，车内的司机和乘客，一起开进了世界的云端。

因为喜欢你，我努力漂向你，可你却无声地离去。
我的周围孤独成一片海，撕心裂肺也没能留住你。

4

　　记忆的碎片里，仿佛有个女生在栈道上向窗内招手，酒吧木门的缝隙，涌出带着期望的歌声。

　　彩色笔离开画面
　　整个夏天很想念
　　霓虹不再被点亮
　　海浪摇摆得很倔强
　　残留的脚印不见
　　岛屿迷离而抽象
　　月亮孤独的视线
　　试图拼凑最初的
　　最初的模样……

　　九点五朵坐在窗前，向她摇手："嘿，偶在这儿呢。"
　　可是她没听见，笑着走过栈道，推开木门。

　　这一切，如同火车穿过山和大海，壮丽得令人落泪。

5

　　2013年夏天过后，九点五朵再次离开了岛屿。
　　有一天，他发信息问孙燕：看你的说说，遇到不好的事了？
　　她回复：我心情不好，你有时间来陪我喝酒吗？
　　他回复：我不在岛上。

从岛屿到另一座城，往世界的深处，每个人都在自己的心岛里。

一个月后，孙燕从岛上飞到上海。两个人住在郊区一个廉价的平房里，房间内四面白墙，只有挂着九点五朵给她画的一张水彩画。半个月后，孙燕留下一张字条，默默回到岛上。她希望九点五朵回来，一个人在外面太辛苦，岛上还有大家在一起。

九点五朵坐在床上看了一夜电视，遥控器从新闻联播按到动物世界，按到深夜，按到天亮，按了一夜的孤独。

我们所不知道的，生命中与你无声告别的，还有很多在前方。

6

2013 年冬天的一个晚上，长江大桥上的风很大，有个男生从桥头走到桥尾，从桥尾走到桥头，面容憔悴，他兜里的手机不停地响着，响到自动关机。第二天上午，他醒过来时发现自己躺在病房里，警察叱喝："你不要命了？"

这时候门外走进来一群人，他一看眼泪掉下来，花菜眼泪也掉下来，大伙儿看他那个样子，个个悲伤得要命，他却笑着说："活着呢。"

是呀，活着呢。

每天睁开双眼，最高兴的是发现自己还能呼吸。

7

2013 年春天，张西西的酒吧要招一个歌手。那天有个女孩推门进来应聘，张西西问："你会唱什么歌？"女生说："我会唱漂流岛……"

她的名字叫孙燕。孙燕被张西西看中，很快融入了集体。

有一次在酒吧里，孙燕对我说："这辈子漂来漂去，就是为了某一天漂到他途经的岛屿。"

我大笑，说："九点五朵刚失恋，你不能骗他。"

孙燕哈哈笑："你有没有过一种感觉，某一天，有个人在一夜之间成了你的全部。"

我摇头，说："太深刻，感觉不来。"

孙燕望着酒杯，仿佛回到了从前。

那年夏天，有个男生悄悄在一个女生的抽屉里放了一封信。

那年秋天，有个男生和一个女生，在操场边的草坪上说了一夜。

那年冬天过后，各自音信全无。

有些人，自然地走散……有些爱，无故地消失。

8

孙燕来的第二个晚上，我和九点五朵去张西西的酒吧。孙燕端着酒杯过来，热情打招呼，九点五朵一看傻眼了，好久才叫出来："孙燕？！"

孙燕是九点五朵高中时的学妹。两个人高中毕业后没再联系。

九点五朵的网咖生意后来继续惨淡，他与凉风后来继续吵架，最后经营不下去再次转让，最后凉风独自去了美国探亲，偶尔漂洋过海一个电话，其他杳无音讯。九点五朵继续以文字为生，偶尔做点策划活动，挣点烟酒钱。

孙燕问："你后来都去了哪里？"九点五朵举起酒杯，和她干杯。

那天晚上，他们在木栈道上说了一宿。天亮后，孙燕在栈道边上，目送九点五朵去广州做活动。

我们漂来漂去，就是为了某一天漂到他途经的岛屿，他听你讲一夜的话，天亮后站在各自的地平线上，看着彼此远去的背影。

9

夏天的一个夜晚，九点五朵做客岛屿电台的午夜时空节目，我们在酒吧打开电台频道。

主持人：你有什么话想对身边的人说吗？

九点五朵：我很想知道，当我的名字滑过她的耳边时，她的心里是一种什么感觉？

…………

孙燕坐在酒吧里，耳朵听着电台的声音，眼睛望着窗外的大海。

我们漂来漂去

就是为了某一天漂到他途经的岛屿

他听你讲一夜的话

天亮后站在各自的地平线上

看着彼此远去的背影

2013 年夏天过后，九点五朵去上海。

2014 年春天，九点五朵离开上海。此后漂了几个地方，从福州到深圳，从成都到广西，最后留在云南。

如果不能住进你的岛屿，漂到哪里，都是浪迹天涯。

在此期间，酒吧里不时有不同地方寄来的明信片，孙燕一张一张地翻看，每天夜里唱完歌就坐在窗前，望着窗外的大海。

10

2014 年夏天，我和几个朋友去云南。

九点五朵租了一辆车，载大伙儿去易武。车子在山间公路盘旋，他双手脱开方向盘，展开拥抱的姿势，一车人心惊肉跳。我坐在副驾驶座，大喊："你要死呀！"

他没回话，踩下刹车，吼："妈蛋，刹不住呀……"然后眼泪飙出来。

车后面的人个个脸色凝重，两个女生尖叫起来，魂飞魄散。

车子拐弯时，车头插进路边的草丛里。

他趴在方向盘上，眼泪掉到裤裆上。

那次在机场临别时，我拍着他的肩膀，说："回岛上吧。"

他沉默无声。我和他紧紧拥抱在一起。

机窗外的白云一朵朵飘过，像一个个漂流的包裹，转眼就是告别。

11

2014 年秋天，九点五朵打电话给我，说下个月去福州，顺路回去看你们。孙燕听到后，眼泪在眶里转动。从上海回来后她变得寡言少语，常常一个人坐在窗前喝酒，几次喝到断片才被张西西送回去。

九点五朵最后还是没回来。

2014 年 12 月 25 日。大伙齐刷刷冲出酒吧。

张西西抱住声嘶力竭的孙燕，然后两个人一起瘫倒下去，所有人哀号、哭喊……面朝大海，泪流满面，可是海太大了，听也听不见回音。

2014 年 12 月 26 日，张西西的酒吧停业一夜。

店内一片静默，如同一个偌大的天堂，白色的烛光里，飘着沙哑的歌声。

就这样漂来漂去
在每个人的心里
藏着一座岛屿
因为放不下自己
才把心托付给你
多年以后是谁站在原地
……

如果还有明天，要怎样才能诠释昨天，剧本才刚刚打开，导演就说是最后一页。

长长的栈道是岛屿的影子，海风永不停息，像无数人在思念你。

12

2015 年春天，我去云南出差，顺路去看望孙燕。

孙燕住在以前九点五朵租住的地方。那天她在厨房忙，我在客厅瞎转，看见一角挂着一幅水彩画。她端着菜出来，红着双眼说："他画的，扔了也可惜，你帮我一起打包回岛上吧。"

席间我问孙燕什么时候回岛上，她说过阵子再说吧。然后说："我相信会有一个岛屿，收纳他所有的眼泪，听见他所有的欢笑。"说完两串泪水掉下来。

我思念你，就像岛屿的大海照应天空，透明蔚蓝。

我思念你，茫茫人海，这辈子漂来漂去，就是为了遇见你。

我思念你，可你却不在这个世界里，而我依然在你的岛上等你。

2014 年 12 月 25 日，一个悲伤离去的人，一颗漂流的心和一双会流泪的眼睛，在没有酒杯和歌声的另一个世界里，愿你一如十年前，闪亮透明，充满幸福欢笑。

希望再见的那一天，我们都很好

世界的风景千万种，总有一种会令你满心欢喜，那我们就朝前走，一直走，终有一天会到达罗马。

小若是云南姑娘，厨艺高超，她进入我们的圈子与朱哥有关，有一次朱哥从外面回来，气喘吁吁地说，他在菜市场门口遇见一个非常 good-looking 的姑娘，一路听她唱着歌，尾随跟到楼梯口。大家一阵摇头，无语。

按照朱哥的女性论法则，他这次不是用 beautiful，而是用了 good-looking，可见一斑。

朱哥的父辈是卜卦的，因此他对面相颇有研究，比如他说，像周树人笔下的豆腐西施嘴唇太薄，一定是吵架高手；鼻梁太高的克夫；下巴太短的是劳碌命；眼睛长得太大的绝对是悍妇；等等。当年大伙儿对女性美标准曾一度困惑，许多人暗地里请他喝酒，让他卜一卦再下手，以防找个克夫的那可不得了。

朱哥对张西西说，那个姑娘一定是做店长的料，那段时间张西西忙着开分店，她一听就来兴致，两个人机关算尽，商量如何下手。

小若最后没答应做店长，她喜欢喝酒唱歌，但不喜欢酒吧生活。她最后成了酒吧的常客，混熟后经常一起喝酒聊天，听我们吹各种牛 ×。

有一次大家在玩牌，小若说："今晚上我老公不在，你们一起到我家陪我玩，好不好？"大伙儿目光茫然，小若疑惑："怎么啦？"

大伙儿哈哈大笑，小若继续："今晚我老公不在，你们到我家陪我玩，好不好？"

大伙儿面面相觑，小若疑惑："怎么啦？"

大伙儿一阵爆笑，小若强调："今晚我老公不在，你们到我家陪我玩，我下厨请大伙儿吃饭。"

现场一阵兵荒马乱。

这话我直到后来在云南才明白，一次和几个朋友喝茶，席间一个傣族姑娘说："今晚我家老公不在，你们到我家陪我玩。"大家一听呆蒙了。

后来朋友跟我说，这是人家的客套话，你别想多，她意思是今晚上我家没什么人，你们到我家去做客吧。去你大爷的，不带这样好吗。

那次小若做了一桌菜，泥鳅煲、莲子炖蛋、鸡汤煲花胶……还有许多云南特色菜，大伙儿一阵眼花缭乱，一阵狼吞虎咽。

作为一个厨师，最大的快乐莫过于用手中的锅铲，征服天下的吃货，他们吃得越开心，她手里的铲子就越有力，小若就是典范，看到一桌子空盘，她脸上绽放出胜利的快感。小若坐在餐桌前，我把这个结论讲给她听，她笑着点点头又摇摇头。

她喝完一杯又倒满一杯，说："有时候，有些酒适合一个人。"

我问："你都这么一个人喝酒？"她笑了一下。

小若中学毕业后出来打工，二十岁经历初恋，男子是那种不思进取的家伙，扯了半年就散了。后来在一个聚会上遇到现在的男子，因为人老实，于是进入寻常百姓家，结果几年后发现这只是凑合。

我问："你要的是什么？"

她说："总之不能像一只随便让生活使唤的猫。"

我说做猫其实挺幸福的。她苦笑，一杯酒喝掉。

我问她，后来呢？

她说，哪有那么多后来，后来两个人散伙了呗。

说完又喝了一杯酒。

去年春天小若体检查出问题，我问她是什么问题，她不说。

我问她会不会死，她说不会。

周末的一个上午，小若打电话给我，说她肚子痛得厉害，说完电话就没声音了。我和张西西到她家的时候，她脸色苍白，靠着门边慢慢倒下去。张西西扶她坐下，我看到茶几下都是空酒瓶，说："一个人喝酒没味道，以后记得叫上大家。"

小若缓过来后，岔开话说："其实我也挺幸运的，这些年有个人一直照顾着我。"

我突然知道她为什么一个人喝这么多的酒，她想将过去忘记掉，可是曾经的那些生活，毕竟留下了印记，她想用酒把它们冲刷掉。

倒满桌前的酒杯，藏着多少辛酸事。

有时候，一直陪着你的不是别人，而是那个了不起的自己。

小若喝了一口水，用手擦擦眼睛。她哭着说："走了那么长的路，我没有什么遗憾，既然相遇的时间里无法融化，那就算了吧，各自披着各自的春光上路。"

张西西一边安慰一边听她讲话。

那天临走前，我听到背后一阵抽泣的声音，我们都不是好听众。

后来我们劝小若，别老闷在家里，出去散散心吧。

她点点头，跟大伙儿谈起要去西藏的计划。然后一去好长时间，我曾想打个电话给她，结果拨出号码又按掉了。

在花开的季节，我们都希望她能像一只春天的气球飞向蓝天。

让白云接住笑脸，拥抱一个真实的自己。

希望再见的那一天，我们都很好。

某个星期六的下午，我在海边的咖啡馆写东西，后来一个人趴在桌上睡着了，醒来时发现背上盖着大衣，窗外落日正好，大海铺满金光。

小若突然坐在我对面，我吓得直起身："你是人，还是鬼呀？"

她笑嘻嘻地说："我知道你周末的时候，喜欢来这里。"那天晚上她叫了一桌西餐，我说太多了吃不完，她说吃不完可以打包你明天继续吃。

我说："为了等你这桌饭，我等到了日落。"

她哈哈大笑，两个人边吃边说话。

小若讲到在西藏的种种故事，双眼闪着光亮，好像换了一个人。

人生最大的快乐就是去该去的地方，看该看的风景，坐自己喜欢的那趟列车。

那天晚上，小若说她想经营一家餐馆，举杯问我。

我说："我没钱，不能坑你。"

小若说："在西藏大家都打电话给我，劝我不要去想太多，要看的风景千万道，要见的人只有一个，终有一天你会遇到，所以对自己好一点。"

然后和我干杯，继续说："后来我发现只有你没有打电话。以前喜欢看你写的故事，后来我就在网上淘了一本书，虽然你写的是别人的故事，但看起来像大家的心事。"

我笑着说："我觉得你今天有点怪。"

小若望着我，我说："怪可爱的。"

小若嘻嘻笑。

然后从包里掏出一本书，我一瞅还真是我的，看着封面上的书名被她一个字一个字圈起来，画成一个个太阳，我差点飚泪。

我拿过来，看见她在扉页上，抄了一段我写过的文字：

流年的天空，烟雾里分不清影踪。

有多少时间在回忆里沉淀，有多少明天期待的心愿。

这一路上见过无数的风景，印象最深的，还是你的脸。

在飞逝的时间里，倔强的我执意借着回忆的笔，

在生命的扉页上，画出最初的你，

一起引领春夏期许，等待未来一个最好的自己。

我们都不擅长安慰

所以告别时相对无言

你有你的道路要走

每个人都会漂到自己的渡口

岛屿四季在更替

往事会陌生

吹不来去年的春风

这个世界没有什么过不去

只是再也回不去

所有的眼泪都是烈焰灼的伤

季节的天气在变换，时间不会倒转，相见无法计算。

这一次，刚好大家都在，那就一起喝杯酒，不要急着告别，或不告而别。

2013 年春天，周岚来岛上看市场，当晚要赶飞机去武夷山，晚饭后我送她去机场。路上下起雨，周岚说："以前很讨厌下雨，一下雨就迟到，你教的那招一点都不管用。"

我说："床上的话你怎么能信呢？"然后两个人一路大笑。

1999 年，周岚拿着稿子过来："嘿，帮我看一看。"

我趴在桌上，抬头："凭什么？"

她要参加元旦朗诵比赛，叫我帮改稿子。我看完后说："感情充分，相当好。"然后暗笑，你当元旦是情人节呀！她俯身说："你帮我改，我请你吃夜宵。"

我说："加一瓶啤酒。"她说："好。"

晚自习下课，周岚在校门口请我吃饸面。她暗恋一个男生，我问她是谁，她不说。

我说："你得告诉我那个男生有什么嗜好，我才好下手。"结果在我对着饸面一番发誓后，她才说是校食堂那个烧锅炉的。

我一听，眼镜掉到饸面里。

那时离高考剩五个月，老师每天站在讲台上鼓动，7月流汗不流泪，不比智力比努力，最后的冲刺，我拼，我拼！我们在最后一排，趴在桌上默喊，我屁，我屁。

朗诵比赛在校园枇杷园内的空地上举行，周岚一袭白裙，光彩夺目。

周岚最后得了一个安慰奖。当晚吃饸面时，我抱拳说："水平有限，还望见谅。"周岚说："他没来。"我说："那还好——"

她说："他每天为我多打了一份红烧肉，我只是想感谢他而已。"

当年校食堂烧锅炉的，是一个小伙子，人长得白净，平时除了烧锅炉，中午还兼着给学生打菜。我继续吃饸面，周岚眼睛望着马路发呆。

我喜欢你，我希望我在朗读的时候，你刚好从台下路过，听到我想说的话。

然而，在那个回不去的时间里，枇杷树上枇杷果，枇杷树下只有我。

1999年元旦后第二天，是永远铭刻在高三（2）班的一个日子。

当天早上第一节是班主任的课，周岚没来。班主任问："周岚同学为什么没来？"

大家摇头，班主任把目光投向我，我慌张地说："我不知道。"

后排的同学一阵坏笑，我吼他们："笑个卵，关我屁事。"

角落的一个同学磨叽道："昨晚他们一起吃饻面。"

我去你大爷的……

班主任发动了几批人去找，还是没找到。

我坐在座位上想：周岚，你不会私奔了吧？还是想不开呀？你千万不要想不开呀，昨晚最后和你在一起的人是我，我难逃干系呀！

我越想越怕，主动请缨去找，结果锅炉房也没有。

最后班长从厕所里发出一声尖叫声，我第一个冲进去，一看傻眼了：周岚一动不动地躺在厕所里，白色裙子掀到小腹上。

班长哭喊："周岚被……"

我攥紧拳头，咬牙切齿，憋了半天才从牙缝里说出话——

你，敢，动，周，岚，不，想，活，了！

周岚被校医抬到医务室，结果很快出来，周岚因低血糖，加上没吃早餐，结果晕倒在厕所里，结果震惊整个班级，结果不是被××。

大家虚惊一场。

我坐在位置上，脑海里一直闪着周岚躺在厕所里的画面。

后排男生在位置上喊："可惜了，可惜了。"

班主任拍着讲台喊："上课了，上课了。"

春天的雨下得让人不想起床，周岚不知从什么时候也开始迟到了。她唯一让我佩服的是即使迟到了，也能昂着头走进教室。一个晚上，我们在校门口吃饸面，她问："有什么办法可以不迟到？"

我说："起床前，对自己说再睡五分钟，再睡五分钟就好。"

结果她继续迟到。

后来周岚在外面偷偷租房子，没有人知道。

有一天上午，校长到班级把班主任叫出去，班主任把周岚叫出去，然后校长把他们带走。周岚和烧锅炉的同居了，我一听脑袋嗡嗡作响，不敢相信。

后来周岚没有参加高考，销声匿迹。

2003年5月，系里举办校际书画联展，我在展厅里挂画，凉风跟我说："走廊上有个女生一直在看你。"我说："是看裸体画吧。"她说是真的，没骗我。

我出去一看，呆了。

周岚站在走廊口，歪着头对我笑。

再见周岚是在四年后。

周岚后来到泉城读书，她读的是一所艺术职校，那次她也来参加校际展。

我在校食堂请周岚吃饭，九点五朵、凉风，还有张健一起，推杯换盏中，张健站起来走向周岚说："美丽的周小姐，欢迎加入我们的组织，干杯。"

毕业前，我和周岚又见了一面。再见时又过了三年。

2006年夏天的一个晚上，我和蔡大头几个人在吃饭，周岚打电话给我，她声音微弱，我问她人在哪里，她好久才说出来。

大伙儿看见周岚的时候，她挺着一个大肚子，躺在病床上说："不好意思，又麻烦你们了。"说完眼泪流出来。医生检查完后，说孩子的头偏大要剖腹产，可是他们不同意，说一定要顺产，我额头冒烟，问："他们是谁？"

周岚望着大伙儿，无力说话。

蔡大头怒吼："龟孙子，我宰了他。"

张健安慰："岚姐，我们不受这个苦，不哭。"

这时，我看见那个烧锅炉的匆匆走进病房，见到我们一下子说不出话。他后面跟着一个老妇女，估计是他妈。他慌乱地解释："我也不想这样啊！"这时护士进来推走了周岚，我们齐喊："周岚，别怕。"大伙站在产房外，焦急不安。

大约过了半个小时，产房内走出一个医生，问："谁是家属？"

烧锅炉的紧张地举手，医生说："要大的，还是要小的？"

大伙儿齐喊："要大的。"

话音刚落，烧锅炉的他妈哭喊："要小的。"

大伙儿又齐喊："要大的。"

烧锅炉的左看右看，说不出话来。

医生又喊："到底谁是家属？"

烧锅炉的举起手，医生再问："到底要大的，还是要小的？"

他终于挤出三个字："要小的。"

蔡大头一脚踹向他的肚子，烧锅炉的整个身子像沙包一样飞向墙角，他艰难地爬起来，说："要大的……"

大家一阵咬牙切齿。

一周后，大伙儿去看周岚，见到大伙儿她哭得发抖。

这是我见到周岚最后一次流泪，她哭得那么伤心，那么彻底，那么干净。

总有一天，你会发现所有的眼泪都是烈焰灼的伤。

一个月后，周岚打电话给我，说她要走了。我问她要去哪里，她说一个人待着乱想，想出去散散心。我和大伙儿一起过去看她，我看见屋子空了，问她是怎么了，她笑着说，该走的人走了，该卖的东西就卖了，留着也是多余的。

周岚从沙发上站起来，拉着行李箱往外走。张健接过周岚的行李箱，放到后备厢，然后说："岚姐，要不我带你去崇武看大海？"

周岚不假思索地说："好。"

大伙儿站在路边，看着张健一脚油门扬长而去。

很快 2006 年就要结束了。我听蔡大头说，周岚后来一路沿途去了江西婺源，还有乌镇、拉萨……他们最后留在了武夷山，两个人一起开了家火锅店，据说生意非常好。

冬天转眼过去，冰雪融化，白云朵朵盛开，未来的道路谁也不想猜。

2008 年北京奥运会，我在紧张地看赛事，张健打电话来，电话里突然一阵孩子的哭闹声，吵得要死，听不清楚。当时阿根廷和尼日利亚正在激烈决战，比赛进入白热化，突然迪马利亚甩开尼日利亚的后卫，一路杀向禁区，我攥着手机站到沙发上，大喊：射、射、射！

激情过后，我突然想起张健的电话，他问我："你在射什么？"

2011 年，有个晚上大伙儿在吃饭，席间凉风向张西西借车钥匙，说要去接朋友。回来时带了三个人，一男一女中间牵着一个孩子，朱哥一看嘴里的菜掉到了桌上，张西西瞪圆双眼，喊道："张健！"

我喊："周岚。"周岚笑得十分灿烂。

张健后来和周岚在一起，没发喜帖，两个人默默把婚结了，然后把孩子生了。然后，去她娘的然后……我喊道："张健，你不够意思！"

张健坐下，端起酒杯自罚三杯。

我们一起干杯，然后热烈拥抱。

周岚在一边笑，我的脑海突然闪过高中时的一个情景：在校门口的摊位上，一个女生笑着看一个男生吃饸面，那个笑脸和现在是多么相似。

男生说："你的头发很美丽，像我姐。"

女生说："以后姐姐每天晚上请你吃饸面。"

男生说："君子不为一碗面折腰。"

女生说："那好，今晚你买单。"

男生抬头，一筷子面掉到碗里。

…………

那些时光里，我们每天头顶阳光，脚踩大地，追逐奔跑，充满花季的梦想，少年哪！

周岚喊了一声："简宽，你在发什么呆？"

我望着她波浪式的头发，说："你的头发很美丽，像我姐。"

周岚笑得眼泪掉出来。

夏天过去，秋天就到了。

季节的天气在变换，时间不会倒转，相见无法计算。

这一次，刚好大家都在，那就一起喝杯酒，不要急着告别，或不告而别。

失约等于失去

人如潮汐，涨退之间，又是过一天，想想这些年都失去了啥呀！

不知什么时候开始，我有极度的时间恐惧症。

这种恐惧有时让人寝食难安，有时躺在沙发上，闭着眼睛很想睡觉，可是大脑却清醒得很，好像害怕某个既定的时间稍纵即逝一样。

2010 年，一群志同道合的人要在岛上聚会，定好了时间地点，结果当天午觉睡过头，结果赶到时被大伙儿骂得狗血喷头，结果一个人把桌上剩下的酒喝光。结束后大伙儿一个个离开，只有我愣在座位上，那些重要的人哪，我希望彼此多待一会儿，看起来就像永远不会走一样。可是每个人都有一条路要走，世界的背影最后只剩下自己。

下电梯时遇到朋友 Y，她说："简宽，我送你一程吧。"Y是做画廊的，平时我们经常在一起。在车上她问我："简宽，你说一个人，想得却不可得，怎么办？"我说："凉拌。"

她哈哈大笑，约我第二天下午去莲花一家牛排馆吃饭。我说，好。

结果第二天午觉又睡过头，失约了。

后来有一次活动需要一幅背景画，打电话给她。她说一起吃饭，然后问：你会不会失约？我大笑。两个人相约在环岛路一个农家乐，那天刚好遇到下班高峰期，出租车在天桥上以每分钟前进一米的时速蜗行。的哥看我着急，问：是不是赴约呀？拍张图给她看就好了。

我心想车都上路了，风吹过去，海静下来，希望再见面时，你明白就好。

见到 Y 时，她脸上带着不自然的微笑，说："失约让人伤心，迟到让人揪心。"

我苦笑，不知该说什么。

吃完后，她说："附近有个公园，要不要去走走？"

我说："好哇！"

走到一半突然下起雨，她打了个电话。二十分钟后一个男生驾着大奔过来，他一下车就忙着为她撑开伞，她介绍："这是我的男友。"我呵呵一笑，钻进汽车后座。

车窗外的路灯像一张张熟悉的脸，在身后慢慢走远。

这种感觉要经历多少回，才能刻骨铭心。

常常说自己好努力，其实只是看起来好努力。每一天的故事，都在梦里变成往事，醒来时变成心事，一路陪着自己到天亮。

那天在 Y 的车上，想起一年前的七夕夜，在莲花一家牛排馆里，一个女生坐在窗前，望穿所有路人的身影，最后在酒杯里不能自省。

一路上，车窗外不停地下着雨，像无数声对不起。

我有一个高中同学，数学念得特好，有一天大家在一起，他说经过严密的计算，世界上两个人相爱的概率要比中五百万的概率小得多，中五百万的概率大概是一千七百万分之一，这是一个近乎零的数字，所以，想让这个现象发生，等于期待一个奇迹。更何况，相遇不一定相知，相知不一定就能相爱，相爱不一定就能在一起。

那天他说，人生做过最让自己后悔的事情是什么？呕心沥血写了一封千字情书，刚念了一行，她就转身了。
说完他咕噜噜喝了一瓶酒，喝完继续说，她转身走了。
众人大笑，笑后一片沉默，沉默后举杯喝掉。

世界上最好的相遇，是你漂过我的渡口时，我刚好在那里。然后我们一起面朝大海，你很好，我也很好，我们都很好。

2013 年七夕节，大伙儿聚在张西西的酒吧里，一起炸金花、斗地主，一起喝酒吹牛，玩得头晕目眩，直到星星跌入大海里，岛屿裹进黑夜里，大伙儿纷纷躺在沙发里。
张西西趴在蔡大头的身上睡着了，菜花和他的老相好坐在窗前数星星……相爱的人甜言蜜语，孤独的人独自空欢喜。

如果只有倾岛之美，没有倾岛之爱，终是你辜负一座岛，也辜负了一个人。

所以，我们都要好，才不辜负七夕不负岛。

人山人海，我们漂来漂去，即使你漂回原地，也不一定遇到原来的人，没办法，失约就失去，失去就永远回不来。

人如潮汐，涨退之间，又是过一天，想想这些年都失去了啥呀。

呼呼呼……不想了，睡吧，祝你好梦。

没有什么过不去，只是再也回不去

临走前的夜里，岛屿的霓虹灯闪烁整晚，像孤独的叹息和陪伴，其中有我的身影。

我们都不擅长安慰，所以告别时相对无言。你有你的道路要走，每个人都会漂到自己的渡口，岛屿四季在更替，往事会陌生，吹不来去年的春风，这个世界没有什么过不去，只是再也回不去。

人生没有一点悲剧，生命也是没有颜色。

有一天九点五朵来我住处，看着沙发上狼藉的书，说都老掉牙了，该扔扔该卖卖了，我说就是拿来当枕头也不卖。

突然有点愧疚，它们每天坐在我身边，像无数双眼睛看着你，看得你心慌。这些年来它们跟我漂过许多地方，也算是历经岁月，每本书都记录着一个故事，有我的，也有别人的。

后来一次搬家，师傅拿着一个蛇皮袋，一本一本往里扔，我站在一旁看着心疼啊，疼的不是书，是故事。师傅说，你这些书都瘪得这样子了，干脆卖掉，要不得加运费，五十块钱。

我木在一边，眼睁睁看着他把那些书连同里面的故事，统统卖掉。第二天，大伙儿到我的新住处喝酒，九点五朵问我那些书呢，我说卖了，他提着酒瓶子，哈哈大笑。

既然是留不住的东西，一定有它留不住的原因，那就不要去强留。

九点五朵和我一样，二十二岁大学毕业，开始立志成为一名画家，不济也成为一名画师，后来迫于生计投身企业，再然后开了网咖。凉风去美国后，他的爱情丢掉了，每天待在张西西的酒吧里。后来遇到孙燕，可是两个人却活在不同的时差里，始终无法缝合，后来深陷抑郁之中，每次喝酒大家都不敢碰他，再后来一个人离开岛屿，最后带着所有的疼痛开进了记忆深处。

　　疼是分别，痛是告别，疼痛是诀别。

　　那一夜，当所有的烛光点亮，曾经的一次次重逢，一场场告别，一个个熟悉的场合，在烛光照映下全都浮现在眼前，像大海孤独的叹息，你听得见，但无法改变。

　　无法改变，这是最好的方式，因为故事没有结束，我们会在终点见面。

　　记得有次九点五朵和大伙儿在网咖喝酒，房东上门要租子，他说没钱，要不你以后来店里喝咖啡，打五折抵房租，房东是个女的，可惜长得胖，满脸雀斑，不然就免费了。后来大伙儿凑钱交给她，她拿着钱羞羞地问：那我以后来喝咖啡还能打折吗？大伙儿一阵大笑。

　　后来那个月房租还没到期，他的网咖就转让了。我问为什么，他说每天开门等着一个人，可是人都走了，还开着干吗呀！

　　有一天九点五朵找我说，最近心里老是难受，想起你有一本心经，要不借来看看，练练心。我说那书本来就是你的。

　　他说其实那本书也不是他的，是凉风的，说完泪光莹莹。

后来他遇到孙燕，两个人在木栈道上经常聊到大半夜。后来他说想出去走走，然后背着行囊，先是去了上海，之后又漂过一些地方，行踪不定，偶尔会来电话，关心我们的柴米油盐，我说回来一起劈柴、喂马，他说过段日子吧。

那段日子大概有一年多，他先后去了十一座城，骑坏七辆自行车，住过七十个客栈，睡过码头、车站，各种票据无数，孙燕后来全部整理，大伙儿看到先是大笑，再是流泪，然后沉默，仿佛一起经历了一段痛彻心扉的前尘。

路子走得太遥远，每个步子都是沧桑。期待的时间太漫长，每个希望都长满老茧。

在云南，九点五朵遇到驴友淮喜，淮喜在告庄开一家茶店，喜欢胡乱游荡，两个人无话不说，那时淮喜刚经历感情挫折，心情不太好。有天晚上，两个人越说越深刻，深刻就伤心，伤心就喝酒，喝到第二天天快亮，两个人最后商量开车翻山去老挝。

淮喜当初答应带他的女朋友去，后来她出车祸离开，这个愿望始终没实现。他痛苦万分，走不出来，心里一直想去一趟。

淮喜说，就是心爱的人不在了，把她带在心里去一趟，虽然老挝不是全世界最漂亮的国家，但起码也算出国了。淮喜的女朋友是基诺山寨的，从小生活在寨子里，没有去过多远的地方。

两个人大醉一场，第二天开着一辆破桑塔纳出发了。

车子到达勐海抛锚了，两个人留在勐海过夜。第二天起来，发现钱包手机证件照都被小偷掏走。小旅馆一楼后面是马路，夜晚两个人睡觉窗没关，小偷从窗外面把衣服勾走，值钱的东西拿走，幸好把衣服留下了。

淮喜说："看来是去不了了，要不我们回去吧。"

第二天两个人拉回车子准备返回。在旅店门口遇到两个来版纳玩的游客，他们问去景迈山看古茶树，要不要去？淮喜说："一个人三百块，两个人六百块。"

淮喜说："要就走吧。"

车子开到景迈界，后座一个游客突然大喊，他的相机落在旅店了，得回去拿。

淮喜二话没说，掉过车头往旅店赶。

路上九点五朵问："淮喜，客人会给你报销油钱吗？"

淮喜说："哎呀呀，哥哥呀，这不是钱不钱的问题。"

好吧，这不是钱的问题，这是算术的问题，打车去勐海来回也得花两百块，这还不算误工费。

九点五朵说不过他，陪他一路返回勐海。

丢相机的是一位中年妇女，拿到相机后，她从包里拿出一只汽车挂坠，算是谢礼。九点五朵拿着那个挂坠，摇头说，好吧。

到了景迈把客人卸下后，车子开始上山，到了山腰又熄火了，两个人蹲在路边抽了半包烟，九点五朵指着眼前的大山，问："老挝在哪里呀？"

淮喜说："再翻两座大山，就是了。"

他踢了几下车后备厢："不过也没事，到不了老挝，起码我们也知道了方向。回去吧。"

说完车子掉过头，挂着空挡溜下山。

到了山下一问修理厂，师傅说要拆发动机，得大几千块。

淮喜问："那卖给你多少钱？"师傅说大几千块。

好吧，那就卖了吧。

淮喜打开后备厢，取出一箱花茶，他说："这些都是她喜欢喝的茶，上个月我托福建的朋友寄过来，还没来得及给她，她就走了。我想拿回去一个人慢慢品，把所有的味道再喝一遍，我爱她，就是永远爱她的味道，以后也许我会爱上其他的女人，但记住这个味道，以后我的生命会更加完整。"

然后眼泪掉下来。

然后"砰"的一声，他重重关上后备厢，像关掉一车往事。

然后两个人往勐海的方向，走了几里夜路，才拦到一辆顺风车。

司机幽默地问："你们是在散步吗？"

九点五朵一边敲着淮喜的脑壳，一边回答，是，呀，吃，饱，撑，着，没，事，干，出，来，巡，山，喽，啊，哈，哈，哈，哈，哈，哈……

说一个字敲一下。

茫茫人海，我们就这样漂哇漂，在满树银花的荒野，望着清亮的溪水傻傻笑了一个上午。在车水马龙的街口，带着满脸的汗水往前走。在无边的海滩上，画下心底的孤独和叹息。在寂寞的栈道上，呼喊一个人的名字。在咖啡馆的窗前，等待一个不再出现的身影。

世界广大，我们就这样不停地寻找，不停地寻找，可以停靠

漂流岛

的岛屿。

九点五朵微信的个性签名是：我相信有一个漂流岛，充满幸福和欢笑。

在此之前，他的说说设定了私密，只写给自己看。

后来孙燕打开后，拿给大家看，大伙儿看完后，个个泪流满面，伤心得要命。

孙燕后来一个人去了云南。

临走前的夜里，岛屿的霓虹闪烁，像一个个孤独的叹息，其中有我的身影。

在张西西的酒吧里，她对大伙儿说："我想去找回他，在上海时我希望他回来，现在我得把他找回来，不能让他一个人在外面漂，让他和我们相聚在这个岛上，然后就这样，在一起，一起走……直到世界的尽头。"

望着孙燕迷离的眼神，大家点点头。

我们都不擅长安慰，所以告别时相对无言。

但我知道，每个人最后都会漂到自己渡口，四季在更替，往事会陌生，吹不来去年的春风，这个世界没有什么过不去，只是再也回不去。

三个月后，孙燕回到岛上，在大伙儿的帮助下盘回九点五朵的网咖，一个人料理。

有一天，孙燕在网咖请大家喝酒。她说听过了那么多人的声音，只他最好听，看过那么多的表情，只他最可爱，见过那么多的笑脸，只他让我笑得最开心，陪着那么多人哭过，只他的眼泪让我最心疼。也许此生，他是我逃不了的劫。可若是世界没有一点悲剧，人生也是没有颜色，你们说是不是？

那天夜里，我在梦里遇见九点五朵，他变成一颗星星，在辽阔的苍穹里，俯视大地，像云一样透明，看着每个人在海滩上奔跑，大家一片欢喜，一切似乎很合理。

雨过天晴，花盛开的云，岁月像风铃，只要你每天笑意盈盈。

在这一年里，我把故事写在春天里。
往事开在春风里，海浪永不停息，像无数个内心的期许。

这个世界上，总会有许多人与我们擦肩而过，却来不及遇见。遇见了，却来不及相识。相识了，却来不及相知。相知了却还是要说再见。
…………

九点五朵在说说里写道：

世界就像一幕剧，是悲剧，还是喜剧，全都自己演。
对过去，失去就放弃。对现在，拥有就珍惜。

对未来，大声说出我爱你，往前走，不停歇，不怀疑，这就是自己。

故事写到了这里，岛屿进入了夏天。我把关于九点五朵的故事发到微博里，许多人看后问：简宽，你写的漂流岛在哪儿呀？

我哈哈笑，说：每个人的心里都藏着一个岛屿。

那就让我们一起，站在岛屿的最前面，度春秋暖风尘。

好吗？

1

刚刚画下句号，夏天就来到。

我发现自己创造了一个奇迹，哇哈……这么短的时间里，在回忆里走了那么
长的路。

暮色的岛屿，霓虹四起。此刻，一人倒步走在栈道上，嘴里念着布袋和尚的
插秧诗，心地清净方为道，退步原来是向前……敢问施主，栈道的对面是什
么？是海。那海的对面是什么？还是海。

那就这样收藏一片海吧。

2

十年前我来到岛屿，起笔作画，落笔写字，后跨界媒体圈、策划业，浪得一
点虚名，虽历过秋月冬雨，四季拼凑在一起，留得的破事无几，然白纸黑字
落纸里，若因此路过你的岛屿惹了你，就当是你我相遇的伏笔。

同行路上，谢谢你。

十年里，那一个个刻骨铭心的名字，一场场转身的惊喜或哭泣，一盏盏迷茫
而璀璨的霓虹……映衬此刻蒙蒙的岛屿。

栈道的风里，仿佛听见转山酒吧里，一个女孩清唱熟悉的歌曲：再一次梦里
相见 / 隐约地露出笑脸 / 玫瑰花绽放娇艳 / 晨光夺走我的春天 / 我的世界像是
一本 熟悉的字典 / 翻开扉页重现 / 那一眼 那一天 / 回到多年以前

……

歌声与希望里，恍如看见昨日的你。

大家同船过渡，今朝靠岸，相聚一场，举杯畅饮，诉说重逢的惊喜，希望的微光，失望的疼痛。

2018 年 4 月的某一天，微微醺。

我在那个酒吧窗前，写了一下午的时光和名字。写到最后，发现整整写了三页，窗外的海浪声穿过耳际，仿佛那些挚爱的人呀，从未离开过，大家依旧相聚在酒吧的角落，所有的惊喜和期许，都夹在海风里。

这本书诞生在一个小岛上。

是一本故事集，亦是一杯窖藏酒。

3

2019 年春天的某个上午，天光放亮。我在电脑前敲下：

所有的誓言，都是谎言织的梦。所有的谎言，都是任性长的茧。

那一刻，我多想把所有的人和事，沿着大脑的铺排全都记下来，把那些没有喝完的酒饮尽，把没说完的话说完，把那些后来遇见的、可能随时告别的人，也一起记下来。

写到最后，发现曾经写下的三页，才讲完了一页。

边写边回忆，边聚边别离。

....

栈道上的风，吻过流年的酒香，仿佛那些熟悉的声腔。

世上许多事，失望到绝望，也就有了希望。
莫失莫哀，花落花开。
世事轮回只画圆，沧海桑田忆流年。

4

有人说，做文要放荡，做人要坦荡。

我不是一个做文的人，做文太深刻。我只是一个被写故事耽误的画者，一个被画画耽误的茶客，误来误去，最后想想还是写点故事吧。故事写在回忆里，写在那些相聚时喝点酒品点茶的人，久别重逢的人，坦荡的人、诚挚的人、满血复活的人、豪情仗义的人。

....

他们都是漂流人，亦是我的朋友。
在各自的岛屿里，又因缘相聚在一个岛上。
他们一部分已在这本书里，还有一大部分在另外两页里。

此刻仿佛回到十年前。
一个少年坐在海边埋头作画，有个人走过来，拍拍他的肩：兄弟啊，我们聊聊天。

那个人借着海风，说：挺住啊，挺不住的话，你所向的岛屿，不过是扯淡……
挺住，只要挺住两年，你就能小荷才露尖尖角。
挺住五年，你就能成为佼佼者。
说一不二地挺，使出吃奶劲地挺，直挺，坚挺，踮起脚尖挺。

....

透过茫茫岛屿，那些年的时光里——

那些孤单的赛场，没有顾虑和妥协，穿梭在城市大街上，梦想奇异，生机勃发，太阳无边照耀。

那些四处跑的简历，没有一个地方可以停留，嘴里喊着一无所有，手上端起酒，醒来依然相信青春不朽。

那些流动的城市，即使看错了路标，也绝不往回走。

那些被风卷跑的画纸，捡回来拍拍上面的沙土，有一天都会变成梦中的个体画廊。

那些希望中的等待，那些拥挤的街头画摊，那个单薄的小店，那一回回闭店又继续开张的勇气……

某一天你终于拥抱了岛屿，拥抱期待的人，拥抱自己的天和地。

大家拥抱在一起。

…………

那些被丢下、被打压、被辜负、被遗忘的曾经，也终将都会微笑、会相遇、会幸运、会拥有的。

流年的歌声一路传唱，无情的岁月从早到晚飘荡。

而这一切，依然是那么清晰，豪迈不羁，像茫茫的人海，川流不息。

5

这些都是我们的故事，不是你的故事。

故事无法复制，人生只有一次，总得留几个破事，把记忆写给来日。

你也会阅历、会遇见、会幸福。

相信就会有。

看好你哦。

6

2019 年初夏，我在电脑前敲下：

每个人的心里都藏着一个岛屿，路过的人只听到海浪的声音。

…………

记得有一个夜晚，大伙儿相聚在张西西的酒吧里。

九点五朵举着酒杯，对沉默在一边的老刺猬说，你怎么长得越来越像刺猬了。

老刺猬说，我虽然叫刺猬，看起来外表坚硬，其实内心柔软得很。

然后继续说，刺猬不是为了伤人，而是为了保护自己。

九点五朵说，面具要是戴久了，会变成皮肤的。

大家听完，哈哈笑。

世界广阔，大江奔流。

我们就这样漂哇漂，不停地寻找，可以停靠的心岛。

许多人为了梦想，假装坚强。许多人迫于压力，口是心非。

许多人为了出口，目光茫然。许多人爱而不得，瞻前顾后。

…………

后来一次，又相聚在张西西酒吧里。

老刺猬眼神闪烁，说，九点五朵说得对，我们都在各自的岛里。

孙燕说，所以我听到的只是他的声音，对他的内心感受太少了。

张西西说，所以我希望你们能经常来喝杯酒，一起吹吹牛 X。

然后说，你们不来，我也快变成刺猬了。

老刺猬笑着说，你也别光等我们来呀，你也得主动点啊。

大家哈哈大笑。

干杯。

7

岛屿是初恋、是青春、是火星、是梦想、是象牙塔。

是一座喜欢的城，是一个喜欢的人，是一群可以彼此照应的朋友。

是灵魂的小宇宙。

…………

我希望和你一起，心之所向，相互加持。

一起倾听，彼此走进。

我相信有一个岛屿。

在那里，爱你的和你所爱的，都在那里。

终有一天，我们都会靠岸，登上岛屿，阳光万里。

世事轮回，因缘际会，一切皆有定数。

8

这本写自岛屿的书，名为《漂流岛》。

不论你年方几何，那些温暖过我的人和故事，也希望能温暖到你。

亦希望它能带给你一次寻找自我渡口的过程，前路漫漫，偶尔会迷茫，但不
会一直迷失。

亦希望这点微光，能助你发现沿途伏藏的暗涌，并以此照亮那个属于你的幸
福岛屿。

亦希望在那里，你遇见的人，要去的地方和要看的风景，都是一致的。

…………

想说的话太多，都在故事里。

字入纸里，因书遇见你。

恍如都在一个岛屿，月亮带着笑意。

9

说几句关于本书的话。

这本书起笔于春天，收尾时就夏天了，要说谢谢的人很多。

比如编这本书的你。我与申老师未曾谋面，我写书、她编审，互不打扰。前后五个月零二十天又十一个小时。这叫什么，心心相印。

有缘的人，纵是相隔千万里，也如同在一个岛屿。

还有许多，比如我们常在对的时间里，不约而同想到对的事……那些重要的时间和事，都与大家有关，太多说不完，咱留着见面会时再说，好吗？

比如看这本书的你。既然你爱看我的故事，那就让我们一起来说说岛屿。如果你看完这本书，可以在各大网上书城的评论区聊聊天，一起温暖岛屿。如果你看完这本书，可以在微博上 @ 我，不论你漂在哪个岛屿，我都希望能看见你，回复你。如果抽中你，我会亲笔画一幅我的岛屿，见画如人，就当你我会面的一杯酒，不论天涯海角，我都会寄给你。

比如这本书里面的你。

此时，我面朝岛屿，双手合一，问候漂流群：施主们，出来吹吹牛 X。

张西西在结算新店装修款，蔡大头吼了一嗓子："简宽，你还活着呀。"

孙燕在网咖编排舞台剧。

张健在辅导孩子作业，周岚拍了一张图片：客官，这是本店的招牌菜，麻辣宽粉。

郭大侠一手搂着蔓越莓，一手玩自拍。两人窝在甜品店里吹空调，十分暧昧，十分可爱。

花菜发了个假红包，五四女神撂话：你这样在我们老家，是要被抓去做成海蛎煎的。

徐春和陆巧巧语音：简人，天气太热，过来吃碗四果汤，加盐的败火……

没有冒泡的，拔火罐和姜梦，老刺猬和闫丽等先生女士们，一个月前在徐春的鼓动下，相约去欧洲，这下倒时差，估计还在做梦。

午夜的岛屿，胖子说：想死你们啦。马丽说：下个月去岛上。郭大侠连放十串鞭炮。

江小白回：在帮小丽校稿，别吵。小丽要出书了，名叫《再相见，不远万里》。

我 @ 两次朱哥，都没回。琪琪前后发了两条语音，中间隔了一小时。第一条：简夸，朱哥在睡觉。第二条：简夸，朱哥还在睡觉。琪琪，你那地瓜腔能改改吗？

大家在各自的岛里，互相欣赏，从容生长。

大家相聚在一个岛屿，风吹草动，患难与共。

…………

彼时，当张健和周岚从武夷山来到岛屿，凉风把他们接来包厢里，那一种突如其来的惊喜。当拔火罐和姜梦情感危机，当蔡大头锒铛入狱，当张西西跌入谷底，当徐春与陆巧巧再次分开，我们始终相信，大家都会漂在一起。

当漂流群熟悉的声音串串响起，十九号师兄和桃花、庐山与恋之、老刺猬和闫丽、胡小伟和林小翠、孙霞和菜瓜、王鑫和燕子……这一遭呀，为了遇见你，我们都花光了所有运气。

当告别的酒杯举起，那个藏着红桃 6 的丫头片子芋头，云南厨娘小若，喜欢闽北老家的木之……我们都在岛上等你，任凭时间老去。

当那辆途经云南勐海的小车，永远开进世界的云端时，所有人祈祷那一颗漂流的心，永远闪亮透明。

孙燕说，我相信有一个岛屿，会收纳他所有的眼泪和欢笑。

…………

我们漂来漂去，相似纯属缘分。

谢谢你走进了《漂流岛》，一起聆听岛屿，丰盈岛屿。

漂流路上，因你陪伴，从此不再孤单。

10

人们常说，相遇相聚，都是前世修来的缘。

你我因书相遇，都是因缘造化。

你看你看，舟行碧波上，小舢板即将靠岸，岛上阳光灿烂。

晴空万里，你与岛屿，只剩十米。

莫问前路无知己，天下谁人不识你。

祝福你。

…………

倒满的酒杯，就先谈这些。

昨日今日，喝了一肚子心事，天亮后，都变成了过去式。

这个世界里，最幸福的事，莫过于把美好的东西都计划在未来里。

11

季节的岛屿上，你有你的道路要走。

沿途千万个渡口，总有一个属于你的出口。

…………

在风平浪静的出口，有你有我。

彼此表里如一，有树可栖。彼此后会有期，有梦可依。

岛屿美好，我们环环相扣。

我们一起呼喊，一起为身边人点亮灯盏。

多年以后再回首，永远年轻，永远滚烫，永远光芒万丈。

12

那就这样吧。

相聚不相散，一起做个伴，一起歌唱，一起往前浪。

写满的诗行，我愿当最后一句，只要你不嫌弃。

风吹过四季，我们就这样漂来漂去。

有缘千里来相聚，我们一个都不少。

我们都是一个朋友圈，同在一个漂流岛。

在下简宽。

苍山泱水，风谲云诡。

简单一点，宽厚一些。

就此别过，下回再见。

图书在版编目（CIP）数据

漂流岛 / 简宽著. -- 北京：现代出版社, 2020.3

ISBN 978-7-5143-8223-5

Ⅰ. ①漂… Ⅱ. ①简… Ⅲ. ①短篇小说 – 小说集 – 中国 – 当代 Ⅳ. ①I247.7

中国版本图书馆CIP数据核字(2019)第265662号

漂流岛

作　　者：简　宽
责任编辑：申　晶
出版发行：现代出版社
地　　址：北京市安定门外安华里504号
邮政编码：100011
电　　话：010-64267325　64245264（兼传真）
网　　址：www.1980xd.com
电子邮箱：xiandai@cnpitc.com.cn
印　　刷：北京瑞禾彩色印刷有限公司

开　　本：880mm×1230mm　1/32　　印　　张：8.75　　字　　数：179千字
版　　次：2020年3月第1版　　　　　　印　　次：2020年3月第1次印刷
书　　号：ISBN 978-7-5143-8223-5
定　　价：48.00元

元旦

一辈子很长
要和有趣的人在一起
吃饭、说笑话、喝咖啡……
是不是?

茫茫人海
很多人就像漂流瓶一样
从你的身边漂过
而我刚好漂到你途经的渡口

春
节

日期

城市

清明

日期

城市

如果不能住进你的岛屿
漂到哪里
都是浪迹天涯

我喜欢那城市温暖的光
那秋天纷飞的梧桐叶
只要那个同行的人
是你就好

五
一

端午

所有的鲜花与奶茶
最后都是时光笺
所有的咖啡与烈酒
最后都化成雨，模糊你的眼
所有人都不知道
下一个路口会是谁等谁
而我依然在等待

往事会陌生
吹不来去年的春风
这个世界没什么过不去
只是再也回不去

中
秋

国庆

春夏秋冬
终有一季芬芳
希望的光
迟早会照亮你的窗

每个人的心里
都藏着一个岛屿
路过的人
只听到海浪的声音

年假

日期

城市

日期

城市

世界广阔
大江奔流
沿途千万个渡口
总有一个属于你的出口

时间不会停转
相见无法计算
这一次，刚好大家都在
那就一起喝杯酒
不要急着告别，或不告而别

日期

城市